D'AUTRES COMPLIMENTS POUR MINI-SOURIS!

« Hardie, fut[é et...]
Mini-Souris est [...]
de bon. »
— The Horn Book Magazine

« [...] jeunes
lecteurs tomberont
sous le charme. »
— Kirkus Reviews

« Le duo créatif frère-sœur frappe dans le mille
avec humour et fraîcheur. Leurs personnages sont
si authentiques qu'on croirait de vrais enfants. »
— Booklist

« Mini-Souris est audacieuse et
ambitieuse, même si elle met
parfois les pieds dans le plat. »
— School Library Journal

Ne manque surtout pas les autres Mini-Souris!

Déjà parus :

N° 1 Mini-Souris : Reine du monde

N° 2 Mini-Souris : Notre championne

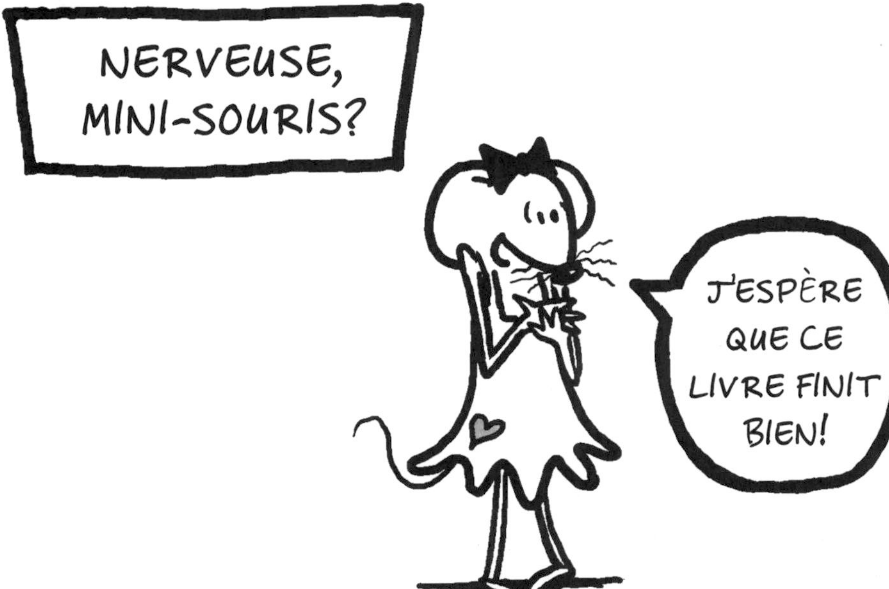
NERVEUSE, MINI-SOURIS?
J'ESPÈRE QUE CE LIVRE FINIT BIEN!

MINI-SOURIS
REINE DU MONDE

JENNIFER L. HOLM ET MATTHEW HOLM
TEXTE FRANÇAIS D'ISABELLE ALLARD

Éditions
■SCHOLASTIC

C'EST QUOI TOUS CES TRUCS?

Catalogage avant publication de Bibliothèque et Archives Canada

Holm, Jennifer L.

    Mini-Souris : reine du monde / auteure, Jennifer L. Holm ;
illustrateur, Matthew Holm ; traductrice, Isabelle Allard.

(Mini-Souris)
Babymouse : queen of the world!
ISBN 978-1-4431-2668-7

    I. Romans graphiques. I. Holm, Matthew II. Allard, Isabelle
III. Titre. IV. Titre: Reine du monde. V. Collection: Holm,
Jennifer L. Mini-souris.

PZ23.7.H65Minr 2013   j741.5'973   C2013-900177-8

Édition publiée par les Éditions Scholastic, 604, rue King Ouest, Toronto
(Ontario) M5V 1E1 avec la permission de Random House of Canada Limited.

5 4 3 2 1   Imprimé au Canada 139   13 14 15 16 17

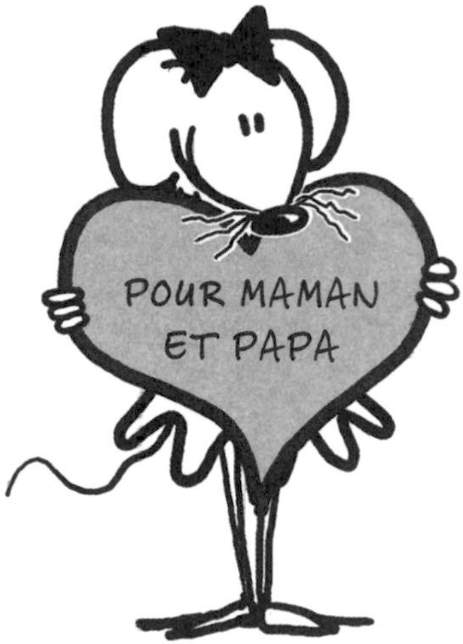
POUR MAMAN
ET PAPA

DRING!

DRRRRRING!

BANG!

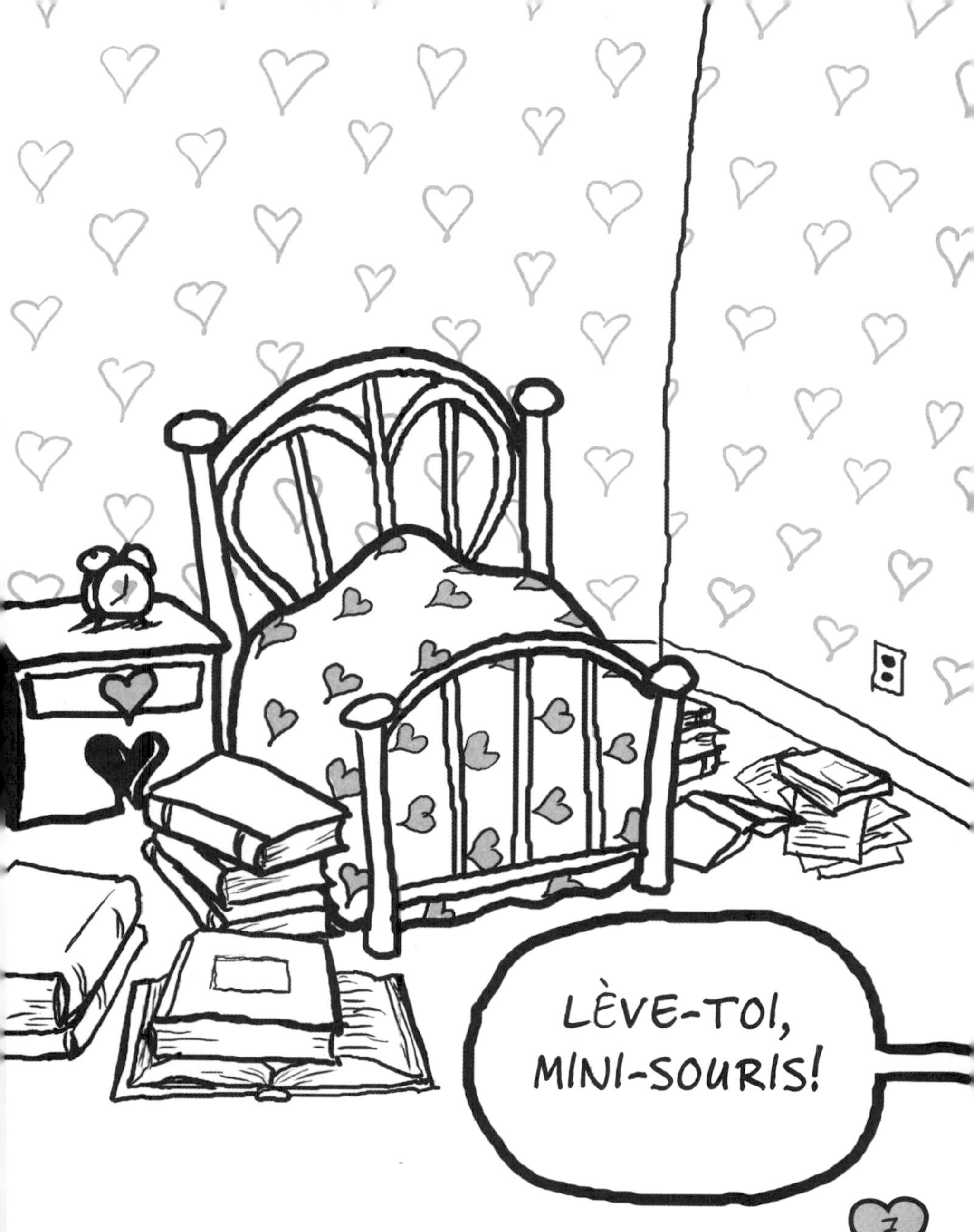
LÈVE-TOI, MINI-SOURIS!

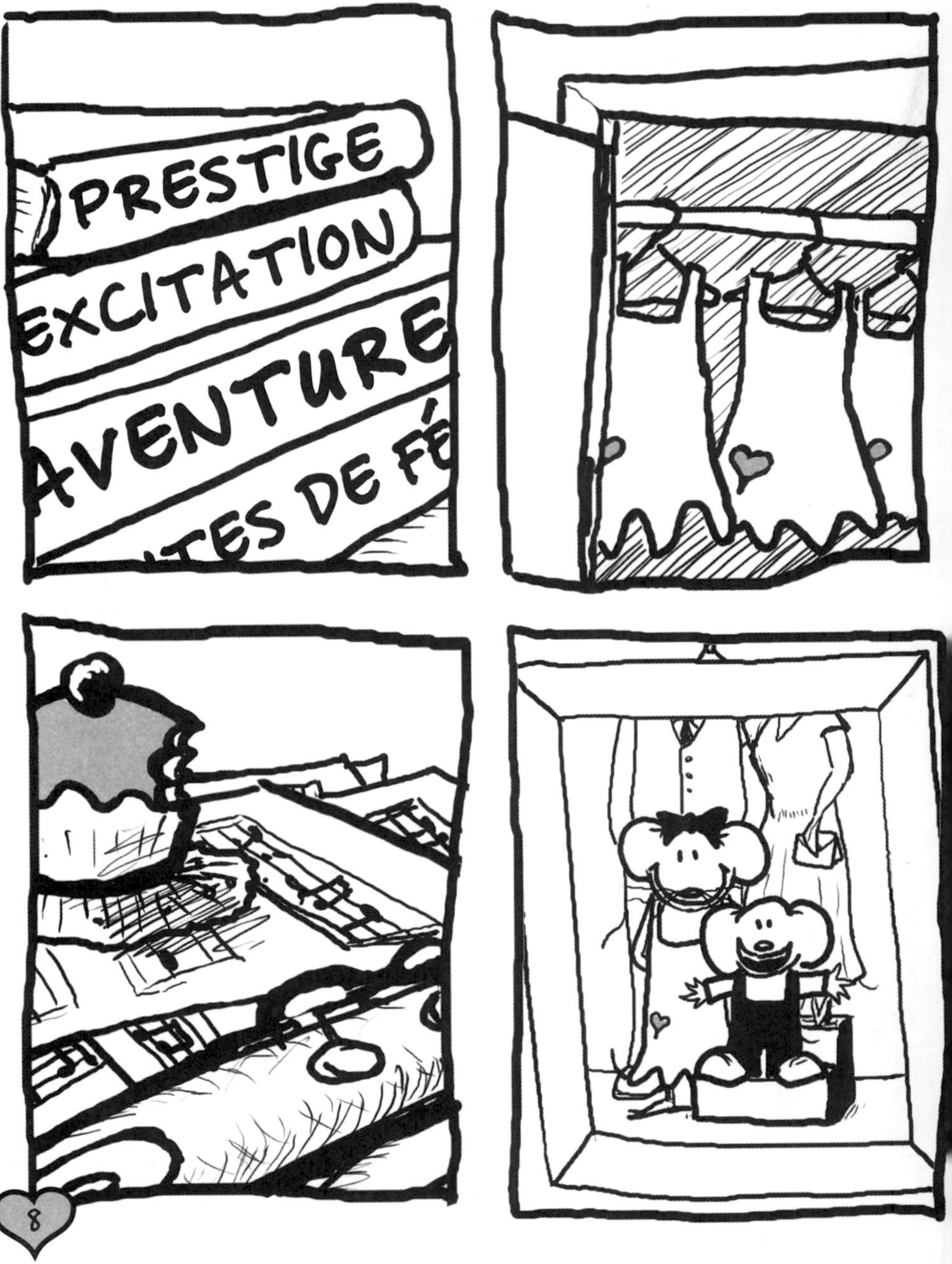
PRESTIGE
EXCITATION
AVENTURE

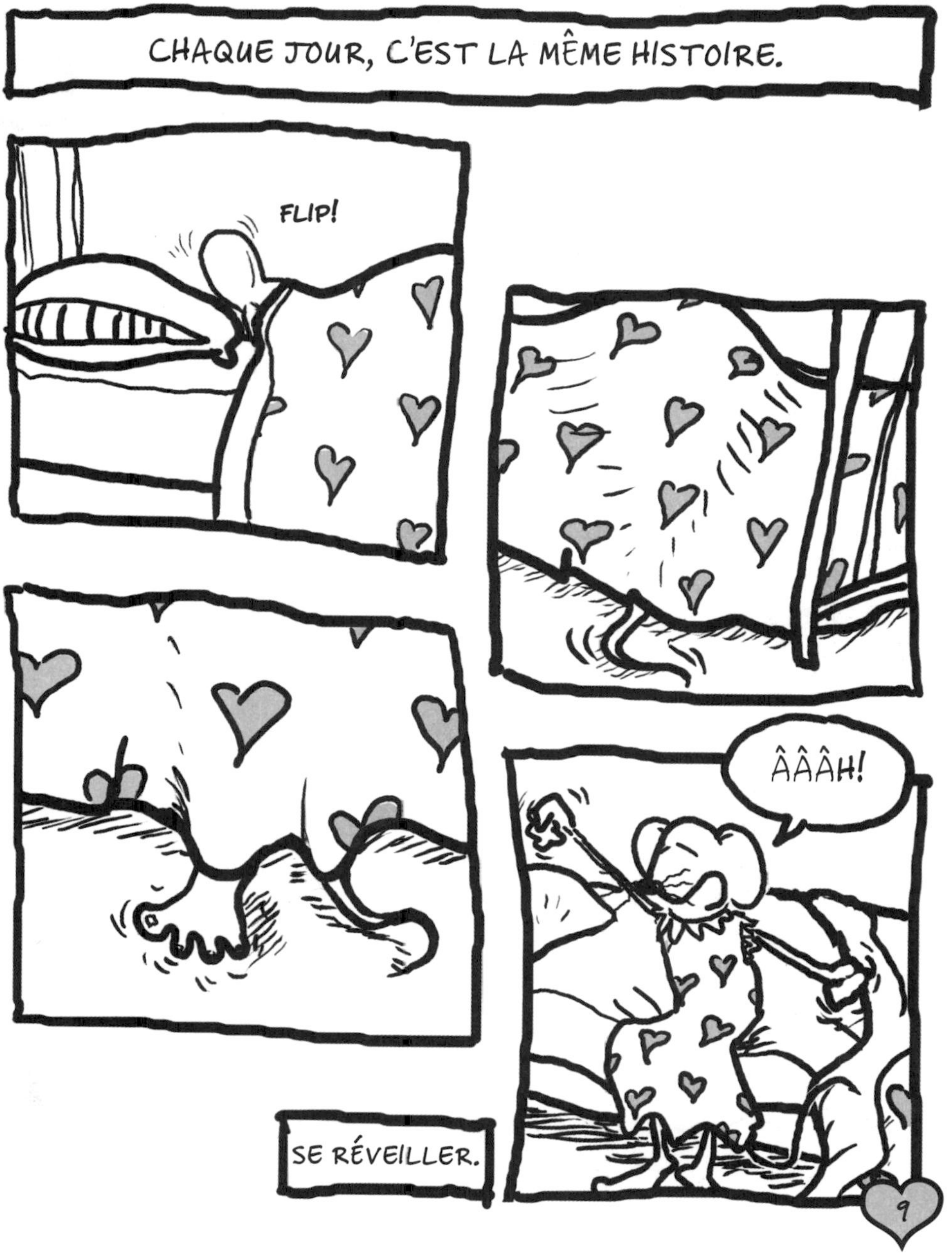
CHAQUE JOUR, C'EST LA MÊME HISTOIRE.
FLIP!
ÂÂÂH!
SE RÉVEILLER.

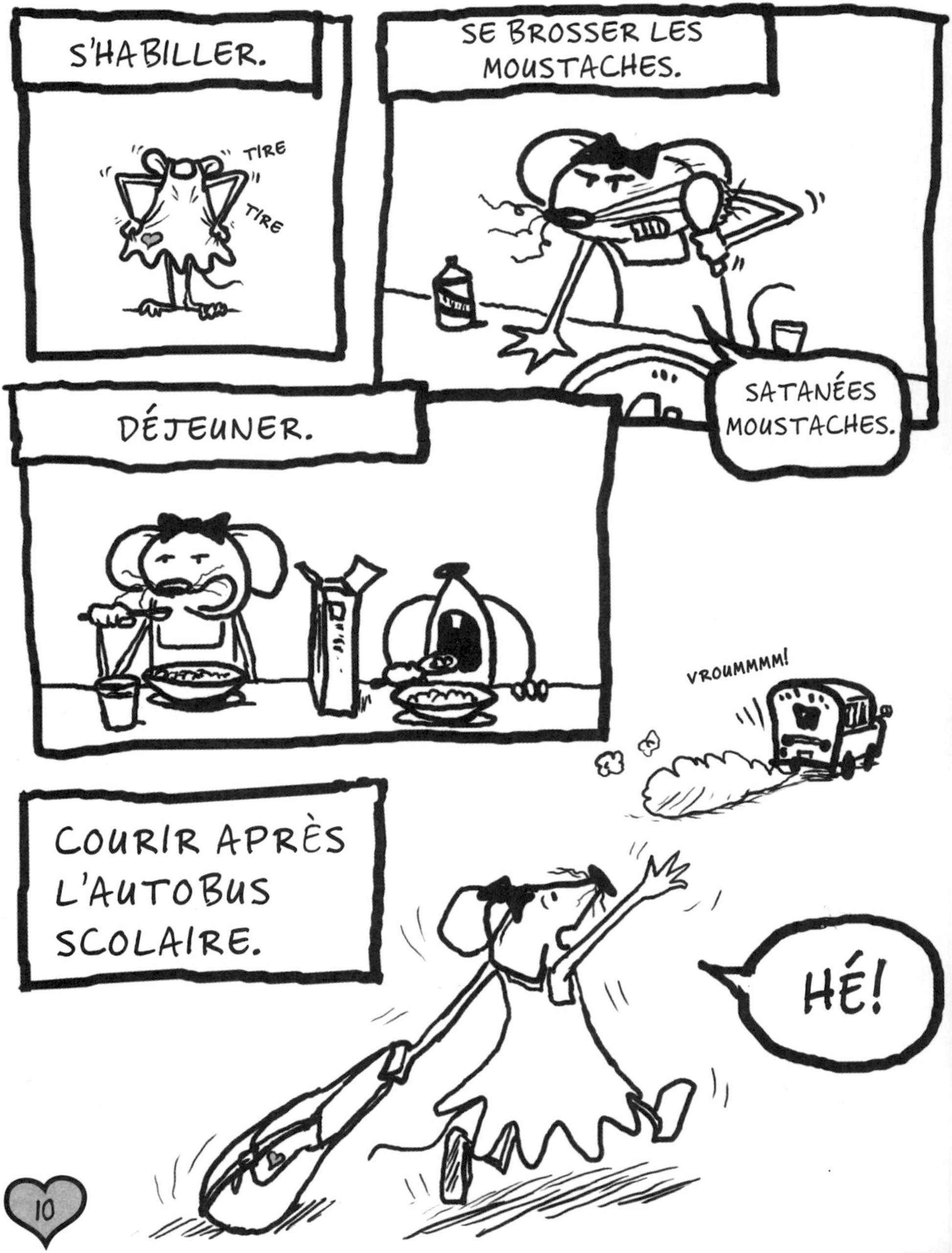

S'HABILLER.
TIRE
TIRE
SE BROSSER LES MOUSTACHES.
SATANÉES MOUSTACHES.
DÉJEUNER.
VROUMMMM!
COURIR APRÈS L'AUTOBUS SCOLAIRE.
HÉ!

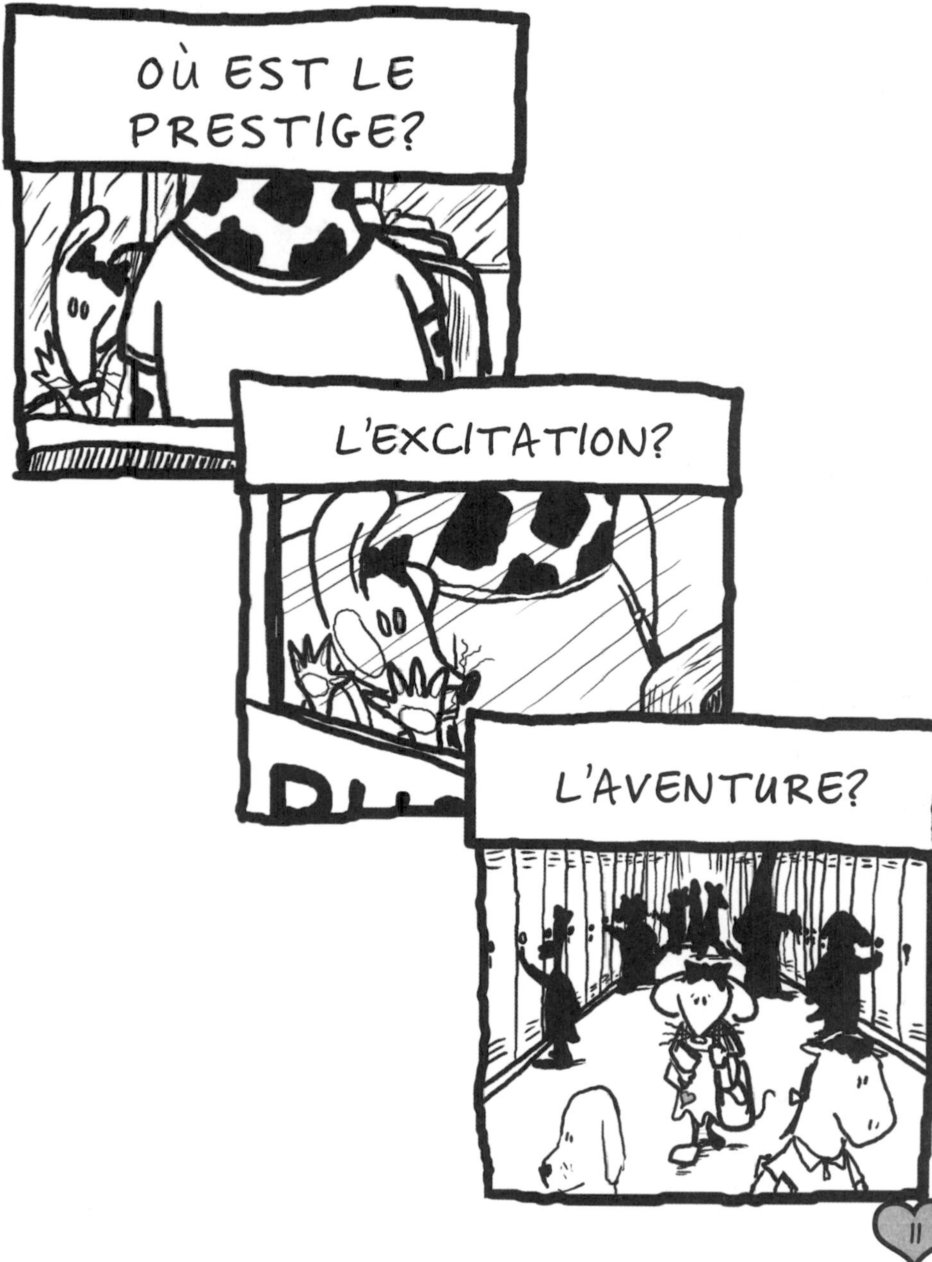
OÙ EST LE PRESTIGE?
L'EXCITATION?
L'AVENTURE?

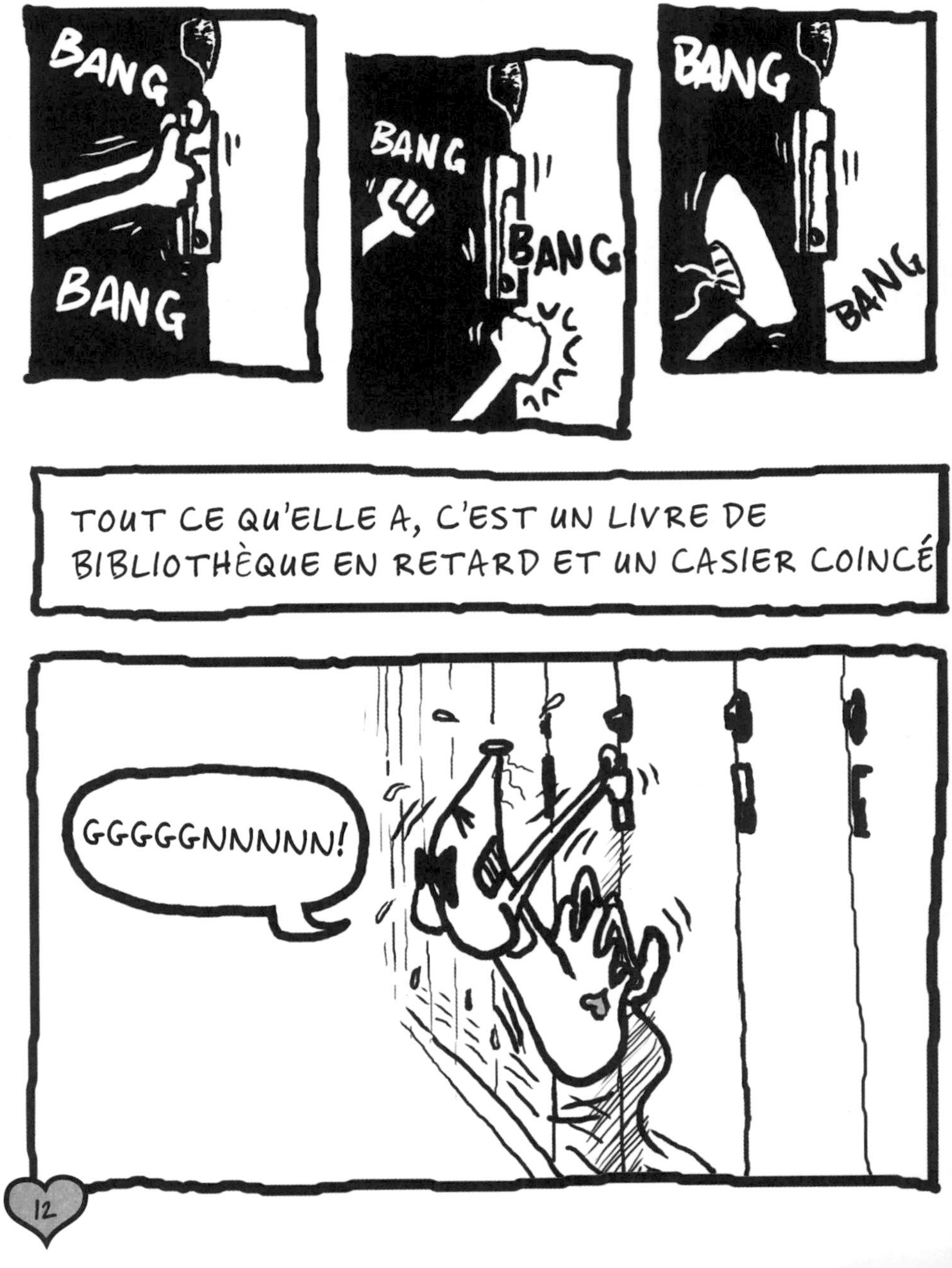
BANG
BANG
BANG
BANG
BANG
BANG
TOUT CE QU'ELLE A, C'EST UN LIVRE DE BIBLIOTHÈQUE EN RETARD ET UN CASIER COINCÉ
GGGGGNNNNNN!

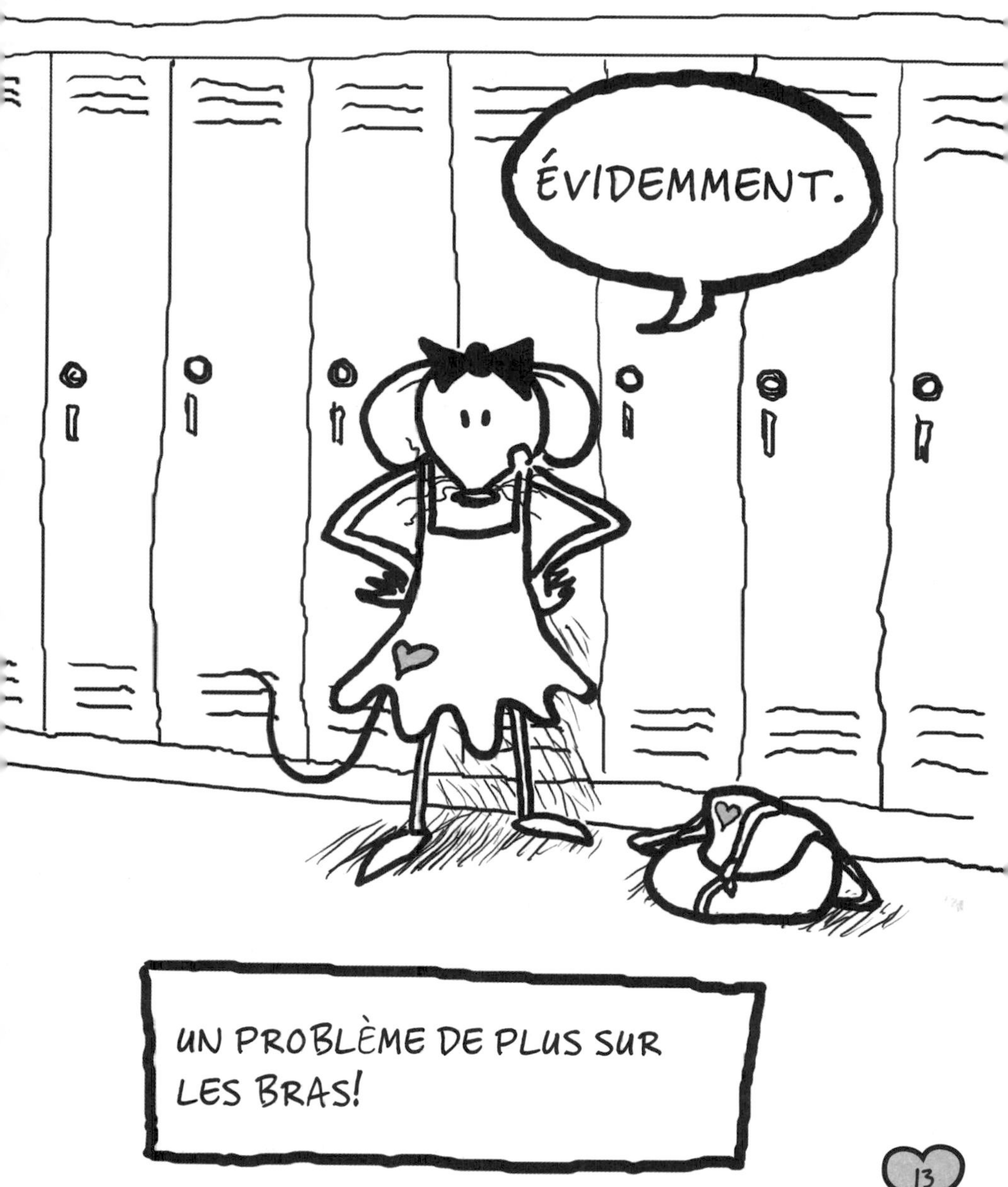
ÉVIDEMMENT.
UN PROBLÈME DE PLUS SUR LES BRAS!

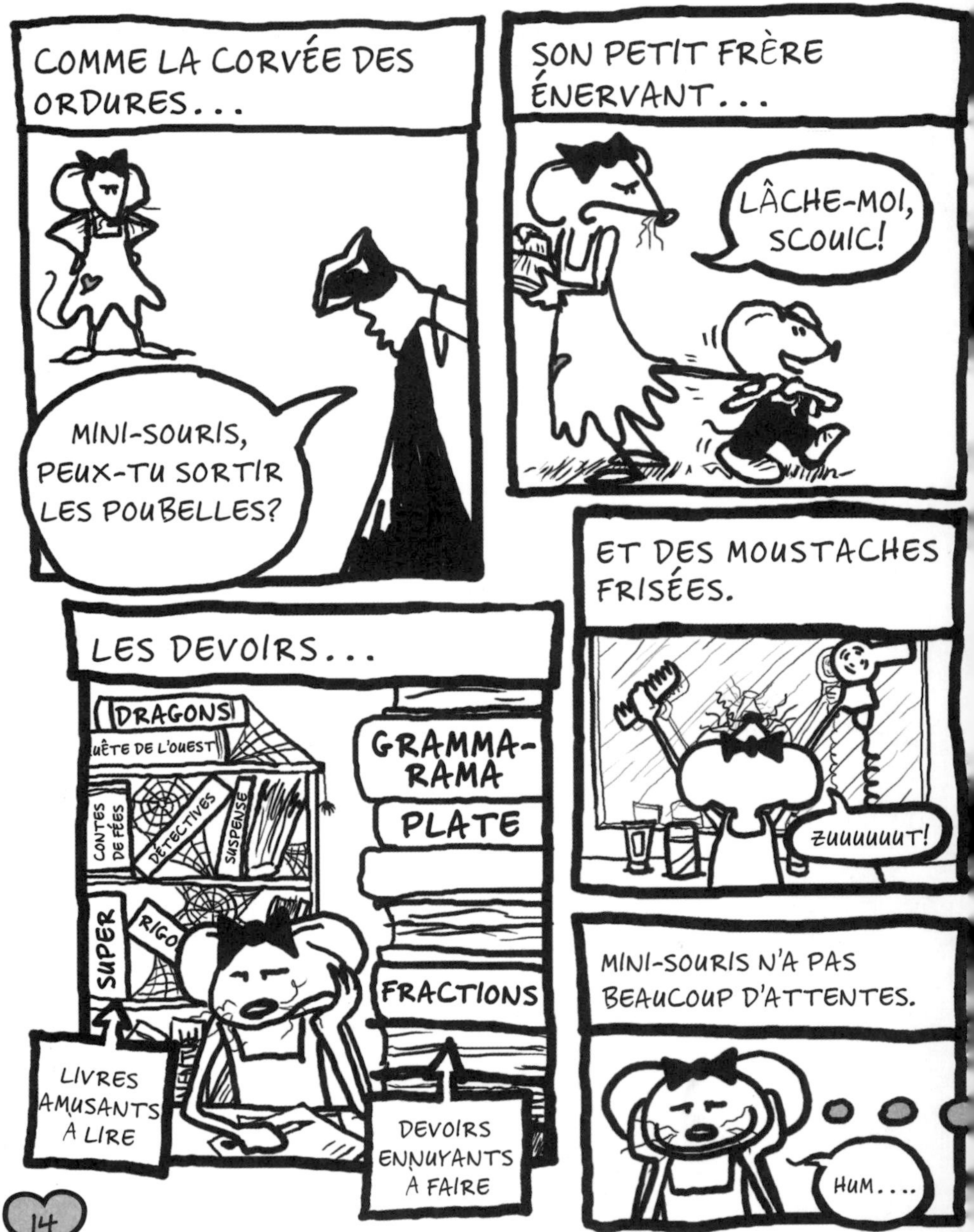
COMME LA CORVÉE DES ORDURES...
MINI-SOURIS, PEUX-TU SORTIR LES POUBELLES?
SON PETIT FRÈRE ÉNERVANT...
LÂCHE-MOI, SCOUIC!
ET DES MOUSTACHES FRISÉES.
ZUUUUUUT!
LES DEVOIRS...
DRAGONS
UÊTE DE L'OUEST
CONTES DE FÉES
DÉTECTIVES
SUSPENSE
SUPER
RIGO
GRAMMA-RAMA
PLATE
FRACTIONS
LIVRES AMUSANTS À LIRE
DEVOIRS ENNUYANTS À FAIRE
MINI-SOURIS N'A PAS BEAUCOUP D'ATTENTES.
HUM....

BON, PEUT-ÊTRE QUELQUES-UNES.
UN DIADÈME!
DES MOUSTACHES LISSES!
UN CORNET POUR DÎNER!
PAS DE DEVOIRS!
REINE DU MONDE!

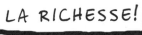

LA GLOIRE!

LA RICHESSE!

DES GÂTERIES!

SOURIEZ, REINE MINI-SOURIS!

C'EST POUR MOI?

MIAM, DES PETITS GÂTEAUX!

MAIS TOUT LE MONDE SAIT QUI EST LA **VRAIE REINE...**

... FÉLICIA PATTE-DE-VELOURS.

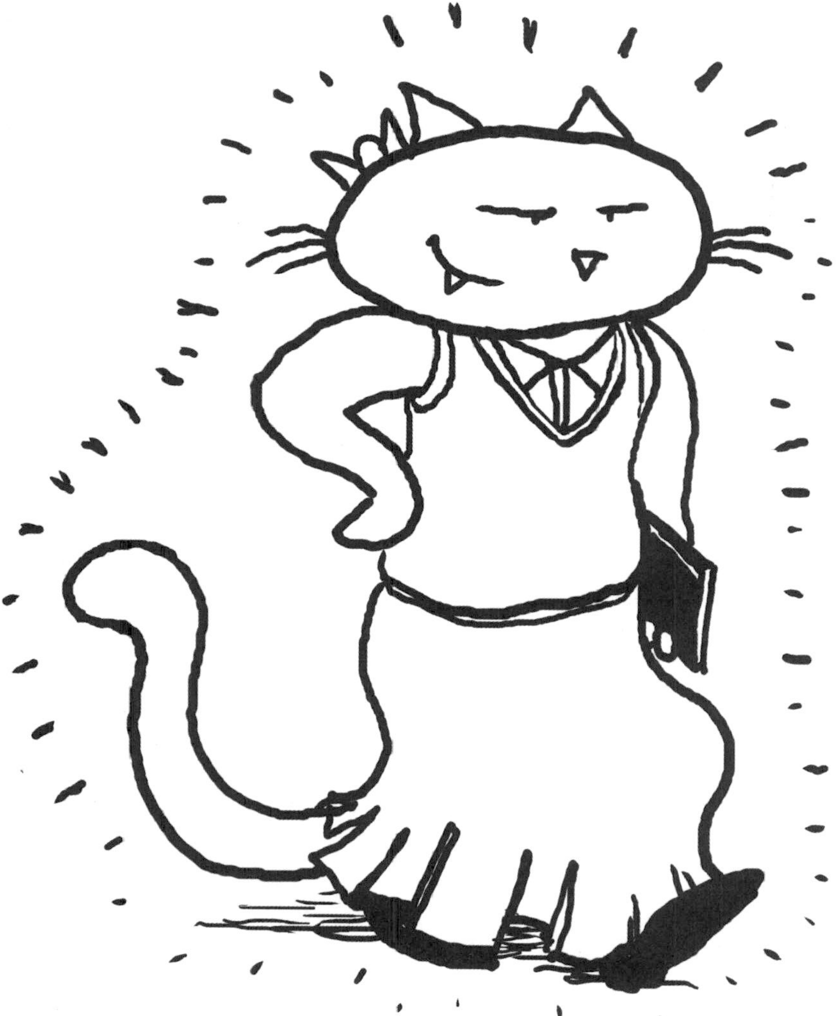

LUT, FÉLICIA. COMMENT ÇA VA? IL PARAÎT QU'IL VA Y AVOIR DU SPAGHET

UR   RD'HUI. C'EST UNE BONNE NOUVELLE, NON? C'E

EN   N DE VIANDE QU'ILS NOUS SERVENT D'HABITU

AC   E MÊME S'IL Y A DE LA VIANDE DEDANS. GÉNÉRAL

NT   S PLATS OÙ IL Y A LE MOT « PAIN ». HEU, SA

PA   MPTE? JE SUPPOSE QUE NON. OH, ET DEVI

OI?   R QUI PARLE D'UN GARÇON QUI EST EN FAIT

RC   TE UNE ÉCOLE GÉNIALE. C'EST SUPER, HE

AIM   UNE ÉCOLE DE SORCELLERIE, ICI. COMME ÇA,

PR   E LA MAGIE ET DES TRUCS INTÉRESSANTS AU L

AP   S DIVISIONS ASSOMMANTES.   ERAIS-T

BON.
J'Y VAIS.

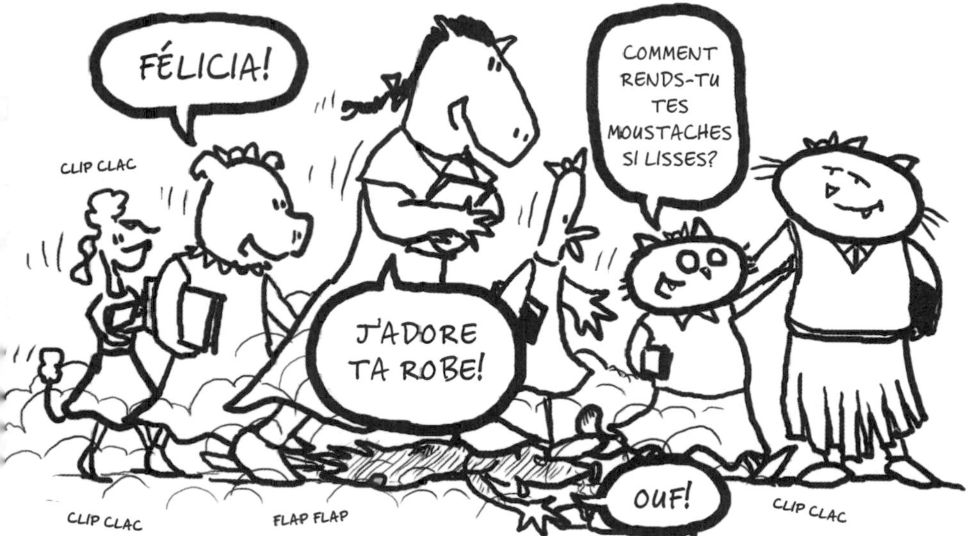
FÉLICIA!
CLIP CLAC
COMMENT RENDS-TU TES MOUSTACHES SI LISSES?
J'ADORE TA ROBE!
OUF!
CLIP CLAC
FLAP FLAP
CLIP CLAC

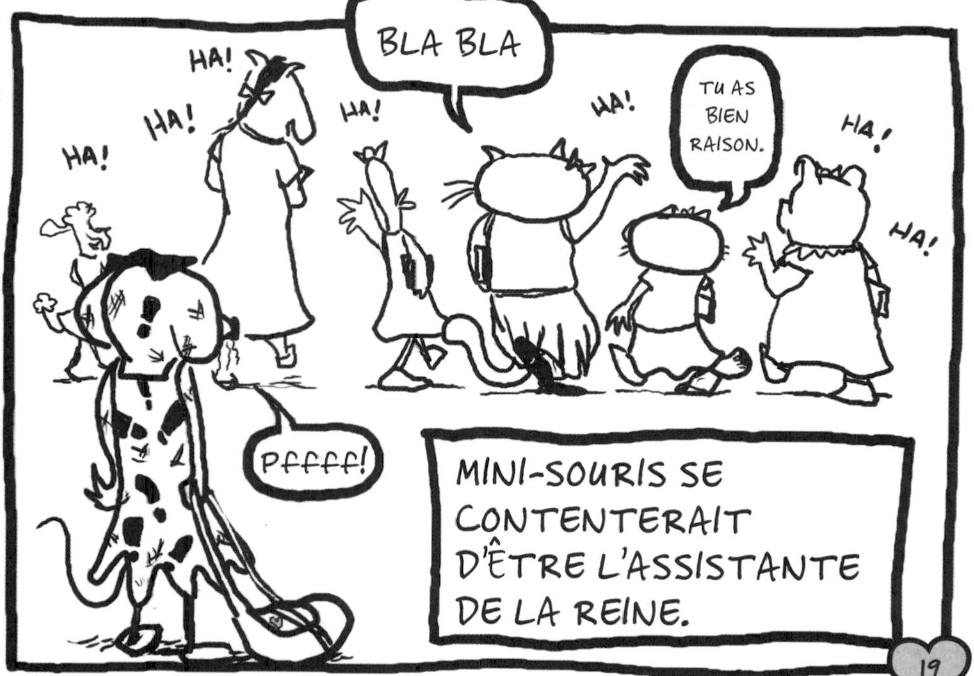
BLA BLA
HA!
HA!
HA!
HA!
HA!
TU AS BIEN RAISON.
HA!
HA!
PFFFFF!
MINI-SOURIS SE CONTENTERAIT D'ÊTRE L'ASSISTANTE DE LA REINE.

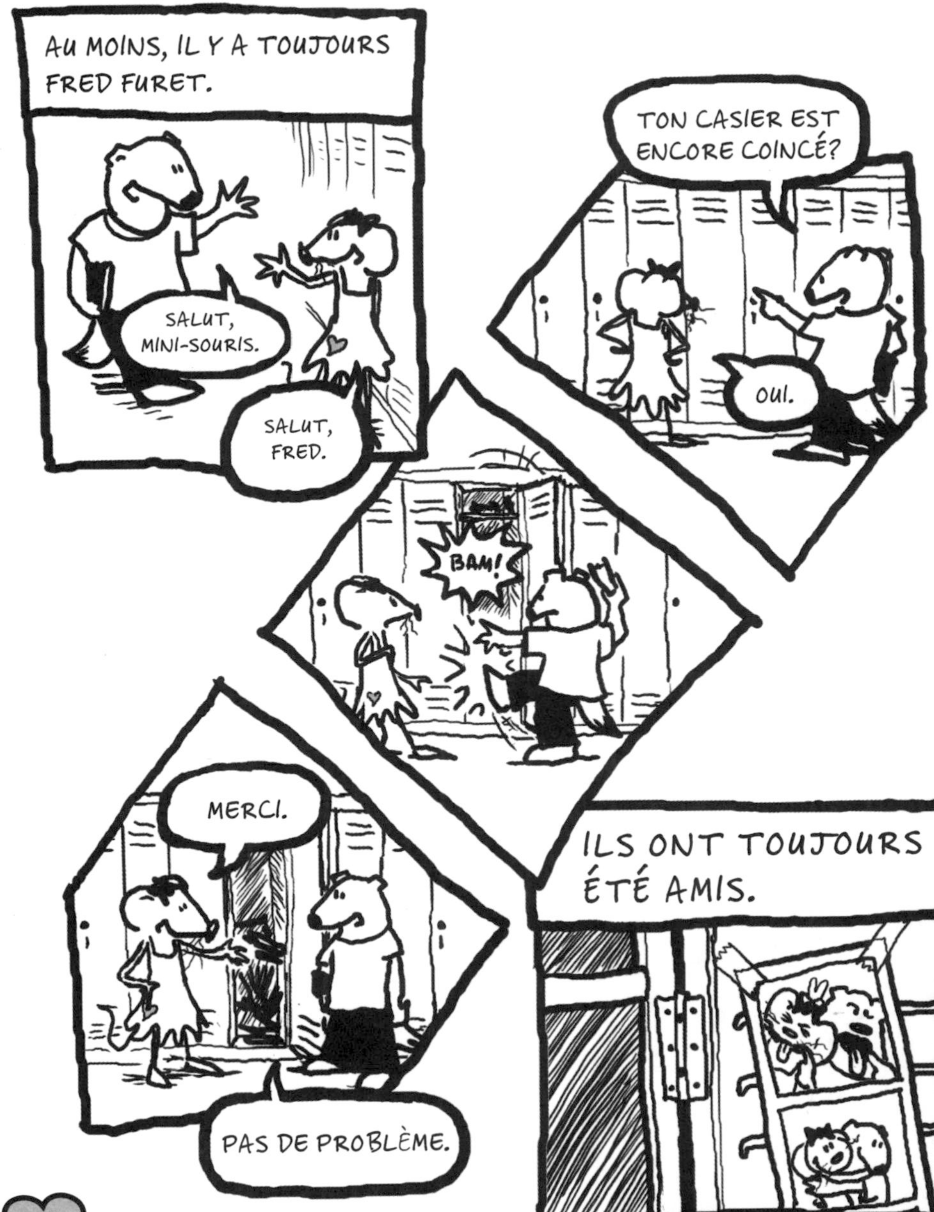
AU MOINS, IL Y A TOUJOURS FRED FURET.
SALUT, MINI-SOURIS.
SALUT, FRED.
TON CASIER EST ENCORE COINCÉ?
OUI.
BAM!
MERCI.
PAS DE PROBLÈME.
ILS ONT TOUJOURS ÉTÉ AMIS.

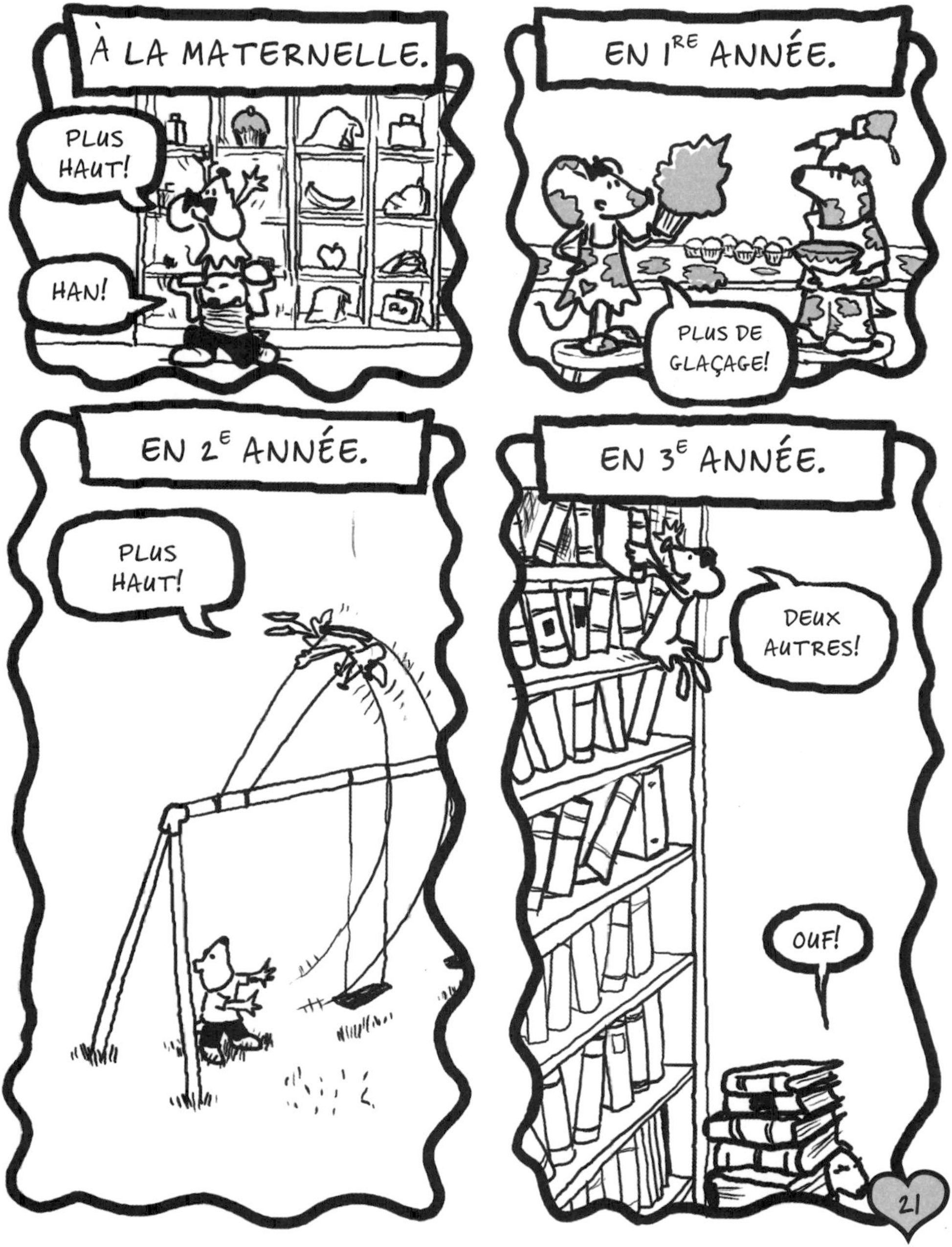

À LA MATERNELLE.
PLUS HAUT!
HAN!
EN 1RE ANNÉE.
PLUS DE GLAÇAGE!
EN 2E ANNÉE.
PLUS HAUT!
EN 3E ANNÉE.
DEUX AUTRES!
OUF!

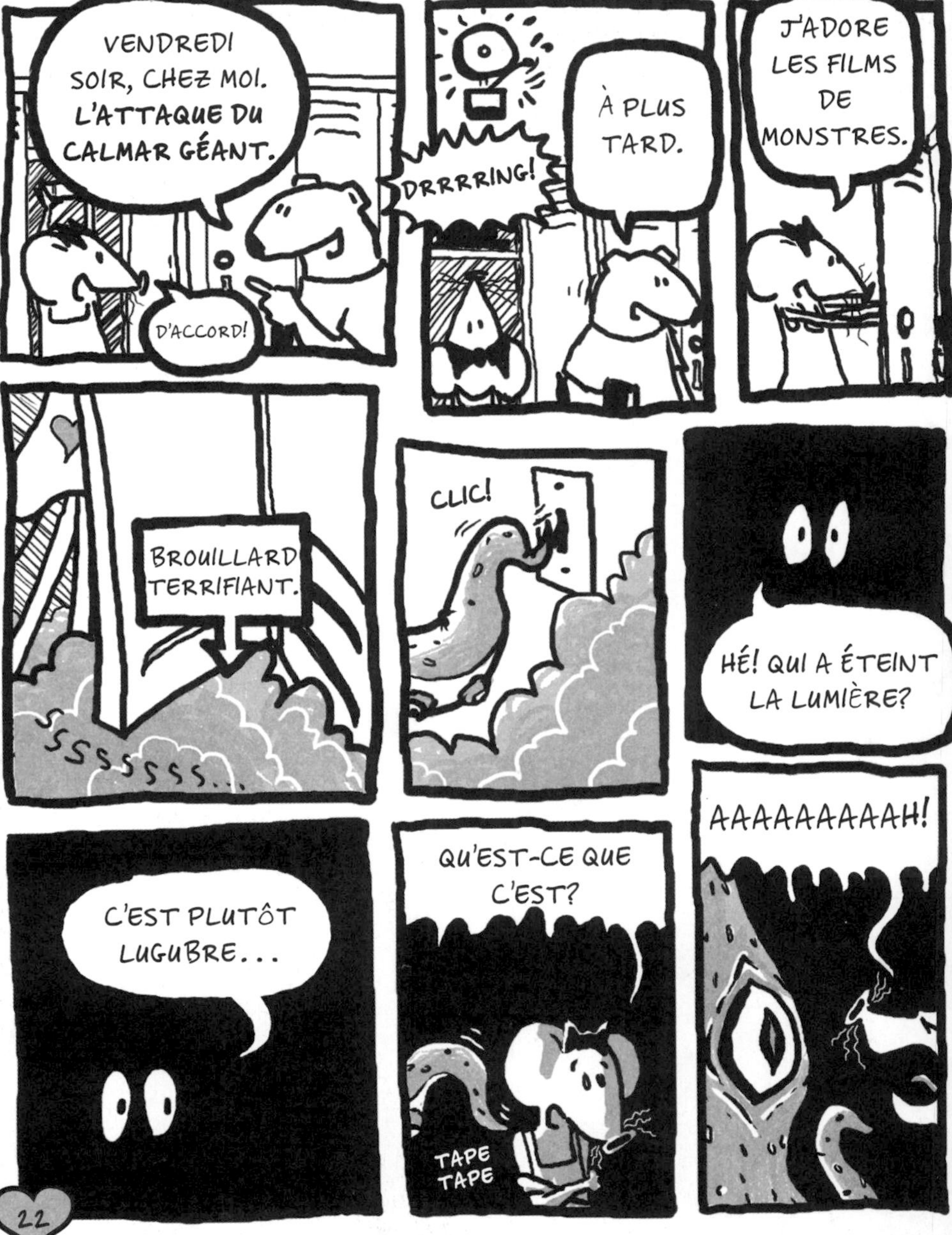
VENDREDI SOIR, CHEZ MOI. L'ATTAQUE DU CALMAR GÉANT.
D'ACCORD!
DRRRRING!
À PLUS TARD.
J'ADORE LES FILMS DE MONSTRES.
BROUILLARD TERRIFIANT.
SSSSSSSS...
CLIC!
HÉ! QUI A ÉTEINT LA LUMIÈRE?
C'EST PLUTÔT LUGUBRE...
QU'EST-CE QUE C'EST?
TAPE TAPE
AAAAAAAAAH!

MINI-SOURIS

CONTRE

LE CALMAR

EN SOURIS-VISION®!

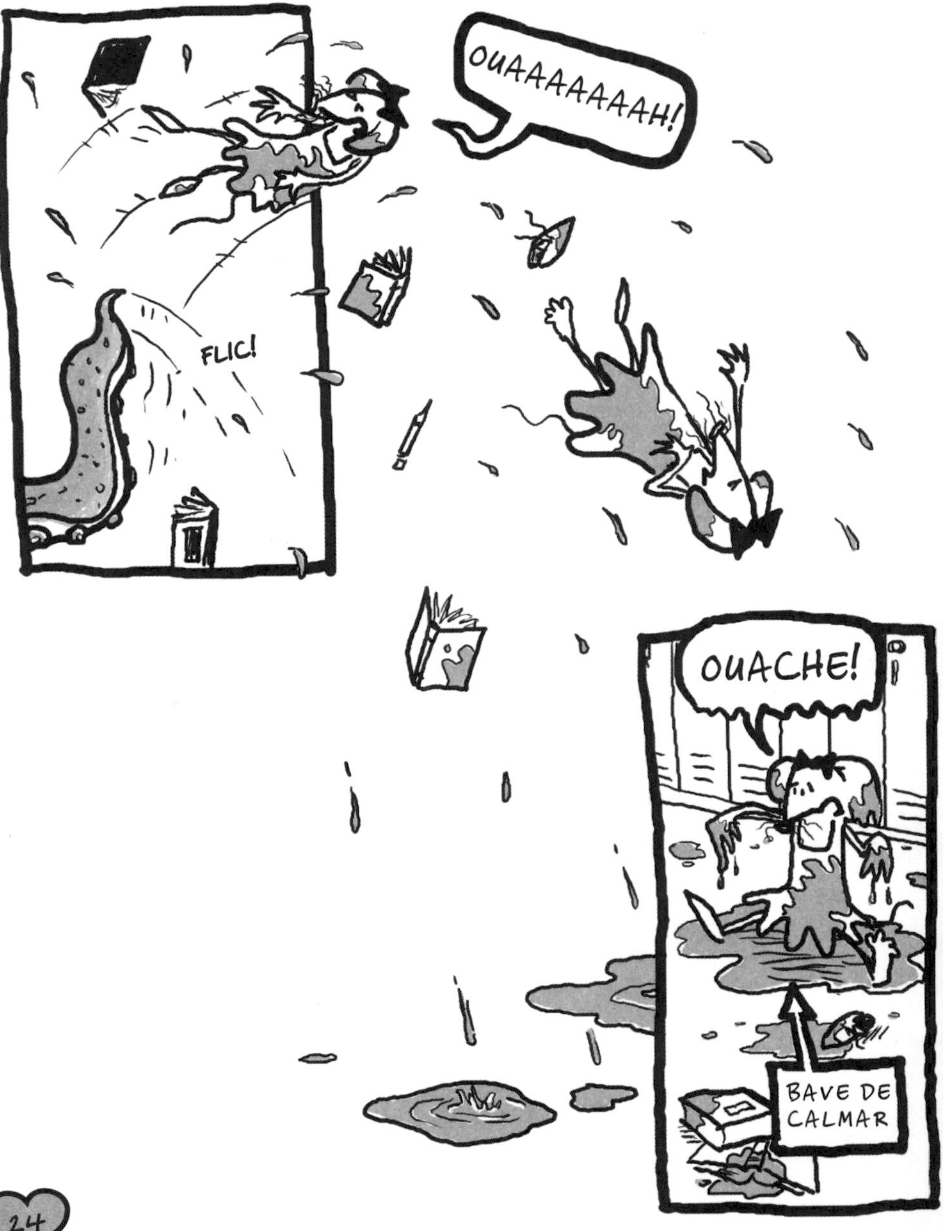
OUAAAAAAAAH!
FLIC!
OUACHE!
BAVE DE CALMAR

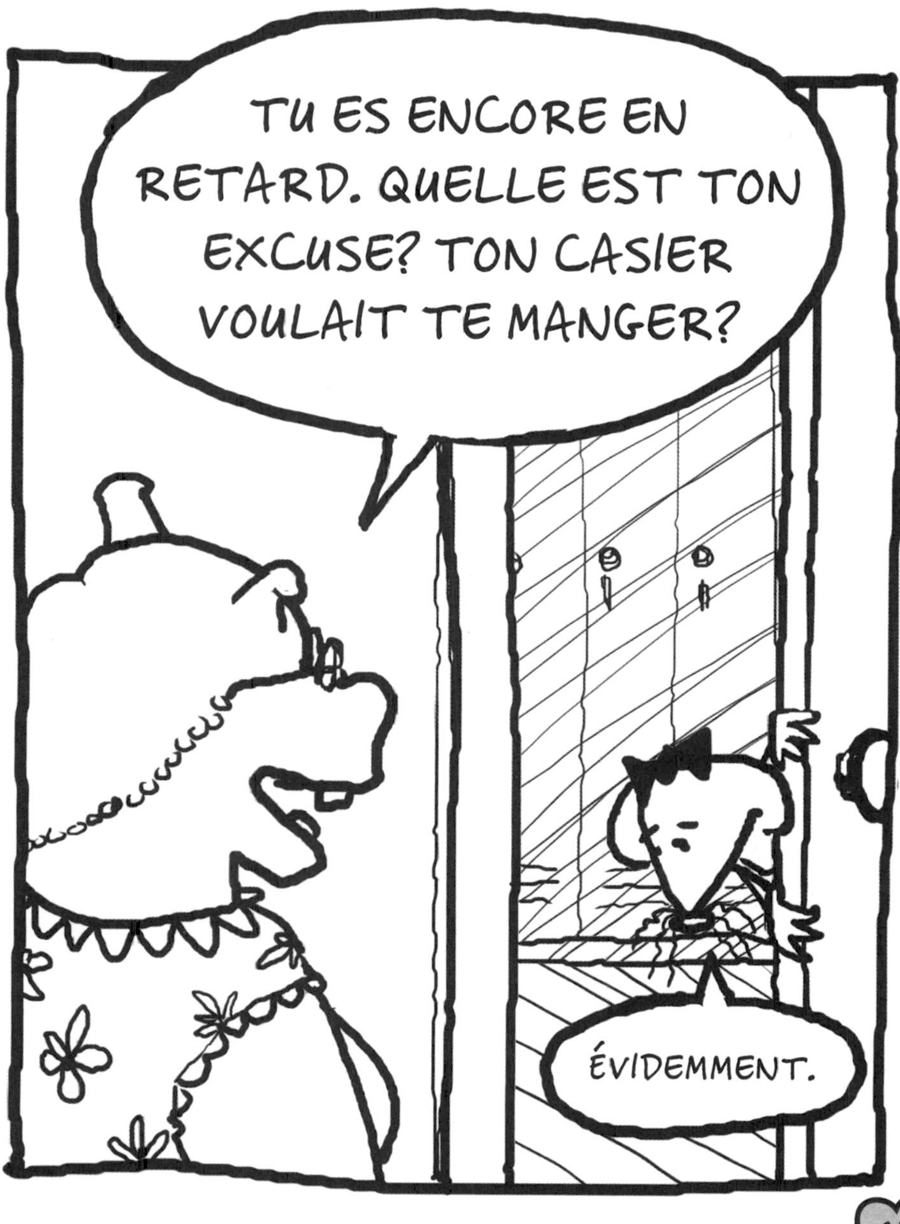
TU ES ENCORE EN RETARD. QUELLE EST TON EXCUSE? TON CASIER VOULAIT TE MANGER?
ÉVIDEMMENT.

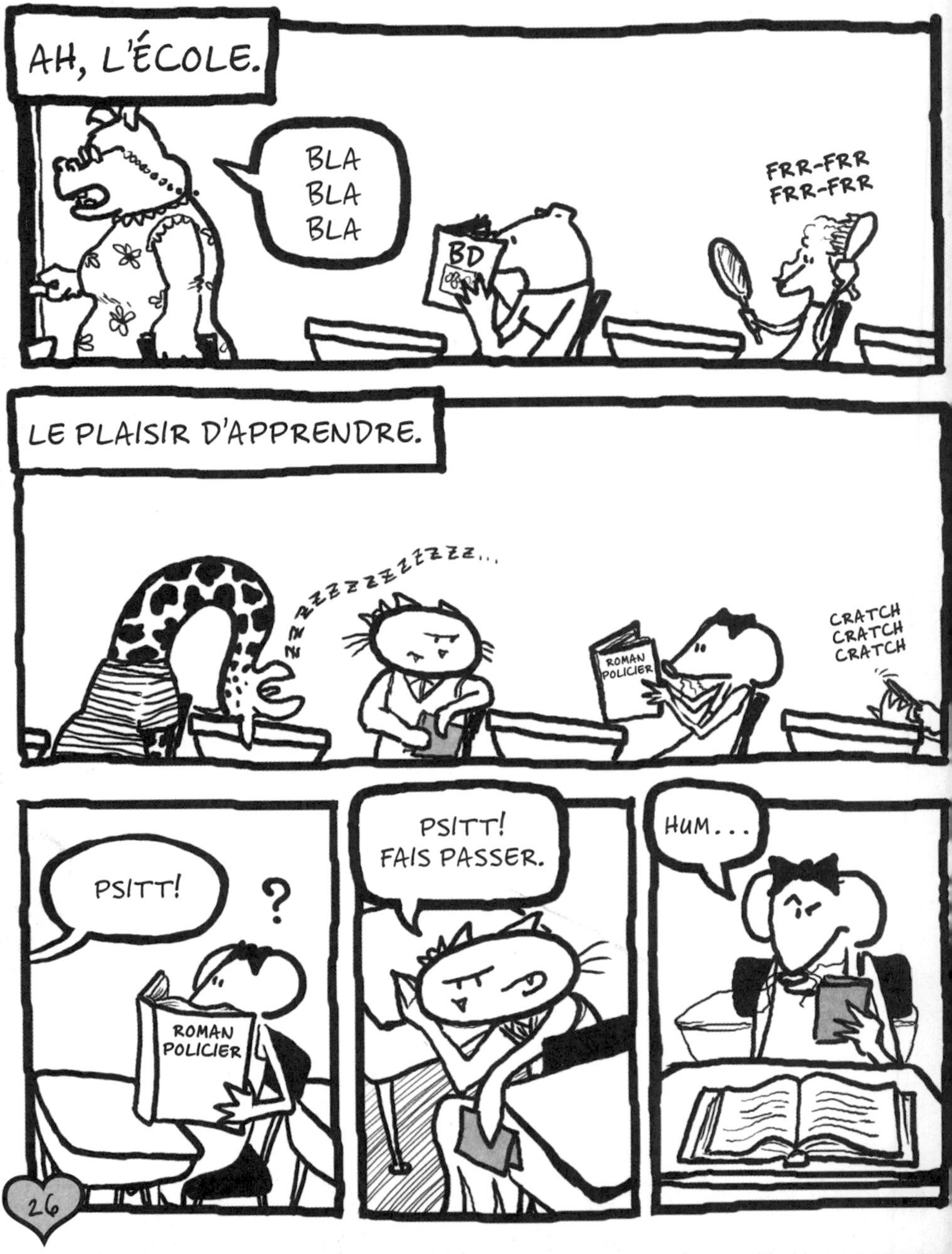

AH, L'ÉCOLE.
BLA BLA BLA
BD
FRR-FRR FRR-FRR
LE PLAISIR D'APPRENDRE.
ZZZZZZZZZZZZZZZZZ...
ROMAN POLICIER
CRATCH CRATCH CRATCH
PSITT!
?
ROMAN POLICIER
PSITT! FAIS PASSER.
HUM...

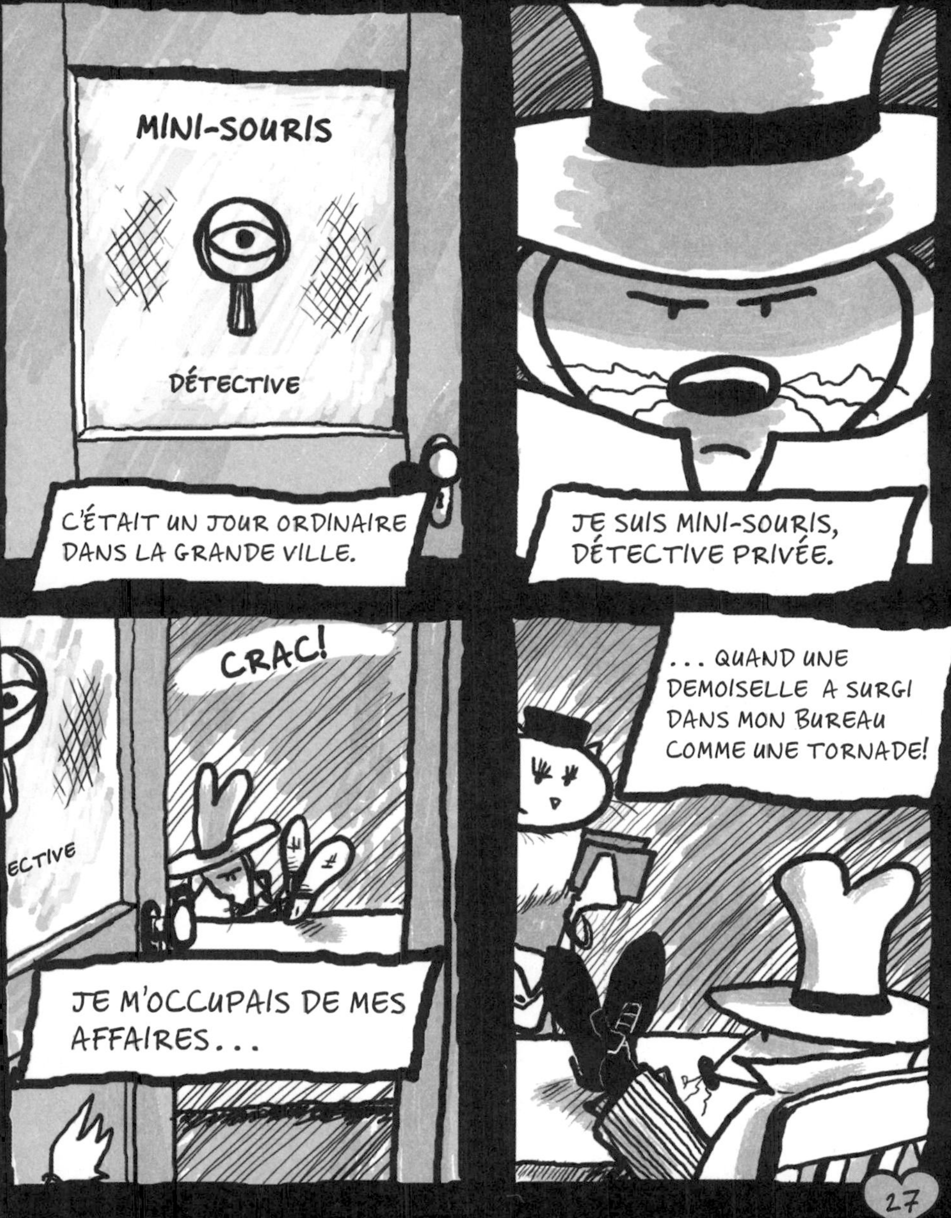
MINI-SOURIS
DÉTECTIVE
C'ÉTAIT UN JOUR ORDINAIRE DANS LA GRANDE VILLE.
JE SUIS MINI-SOURIS, DÉTECTIVE PRIVÉE.
CRAC!
ECTIVE
JE M'OCCUPAIS DE MES AFFAIRES...
... QUAND UNE DEMOISELLE A SURGI DANS MON BUREAU COMME UNE TORNADE!

À ses moustaches si lisses, j'aurais dû me douter qu'elle ne causerait que des ennuis.

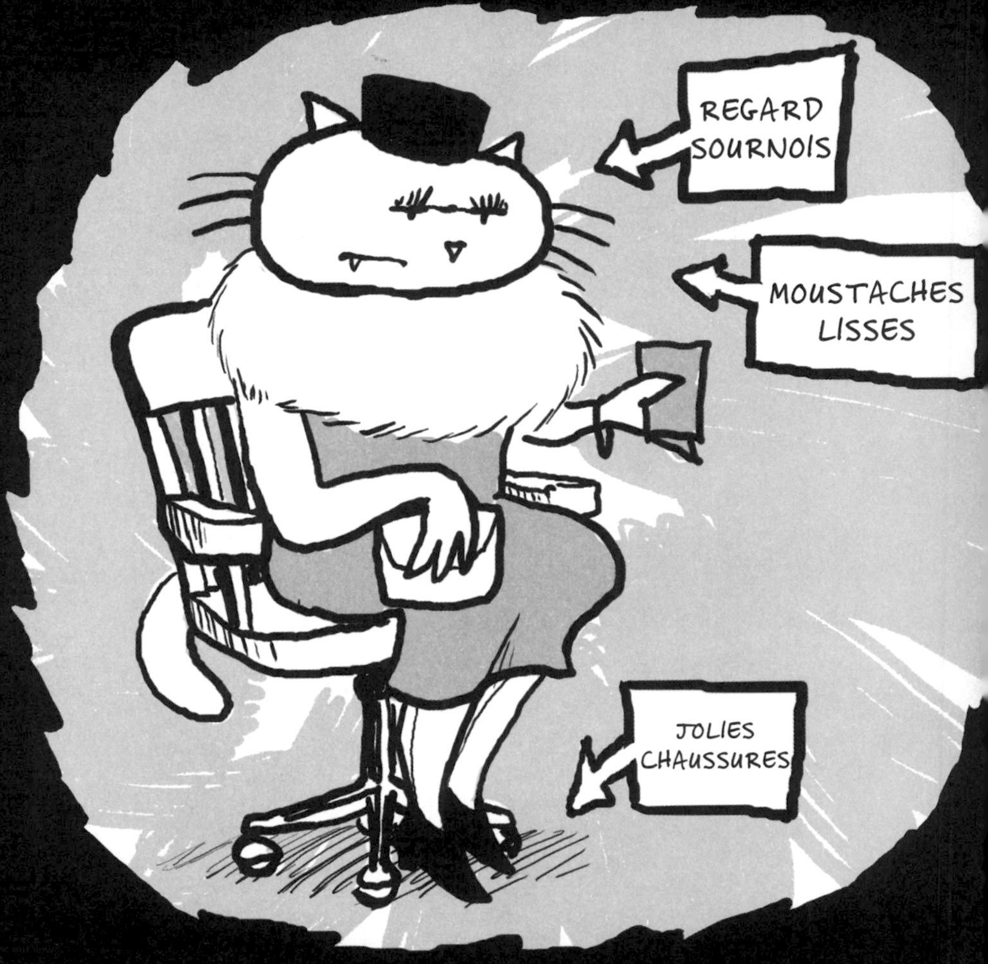
REGARD SOURNOIS
MOUSTACHES LISSES
JOLIES CHAUSSURES

Mais dans mon métier, on voit de tout.

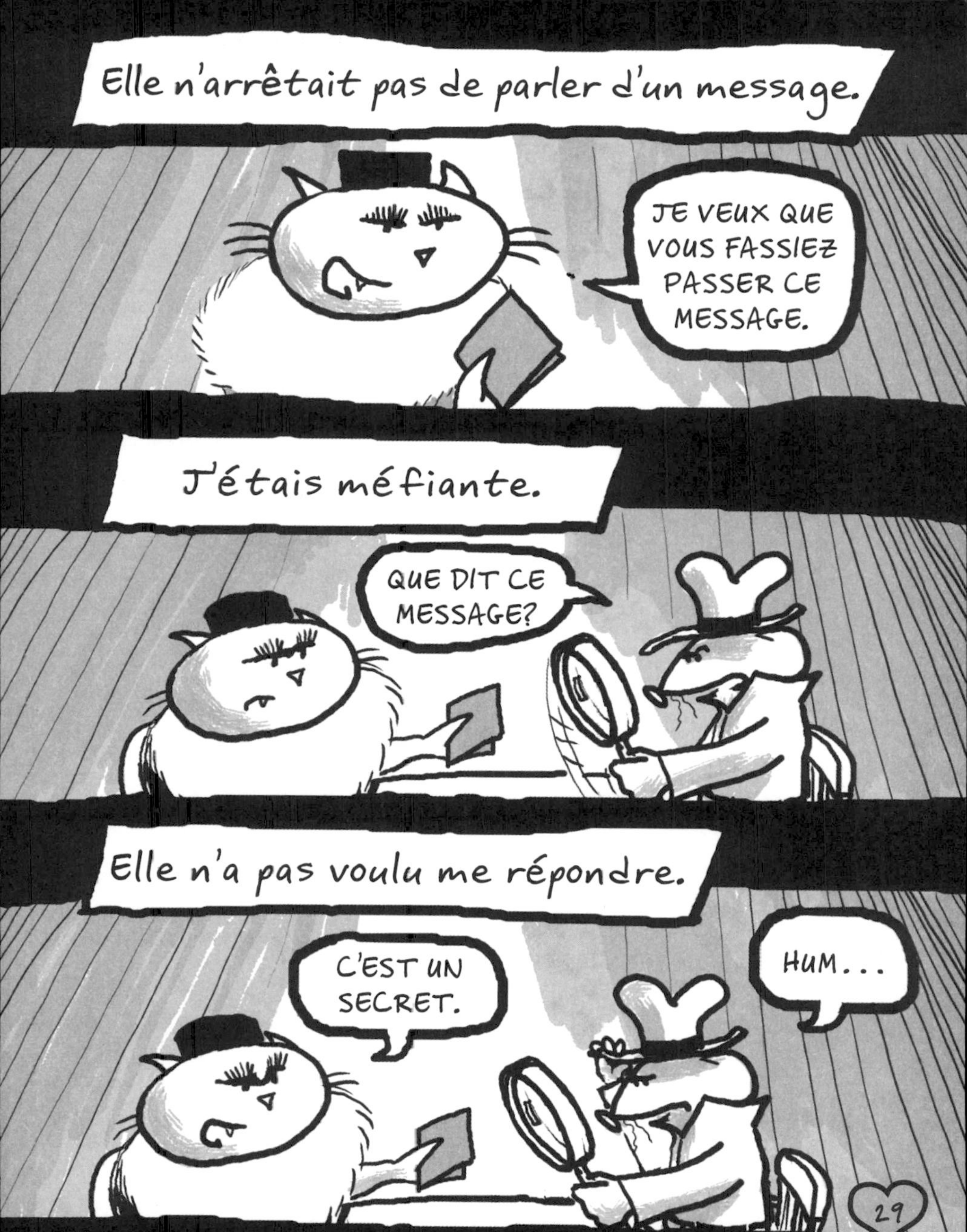
Elle n'arrêtait pas de parler d'un message.
JE VEUX QUE VOUS FASSIEZ PASSER CE MESSAGE.
J'étais méfiante.
QUE DIT CE MESSAGE?
Elle n'a pas voulu me répondre.
C'EST UN SECRET.
HUM...

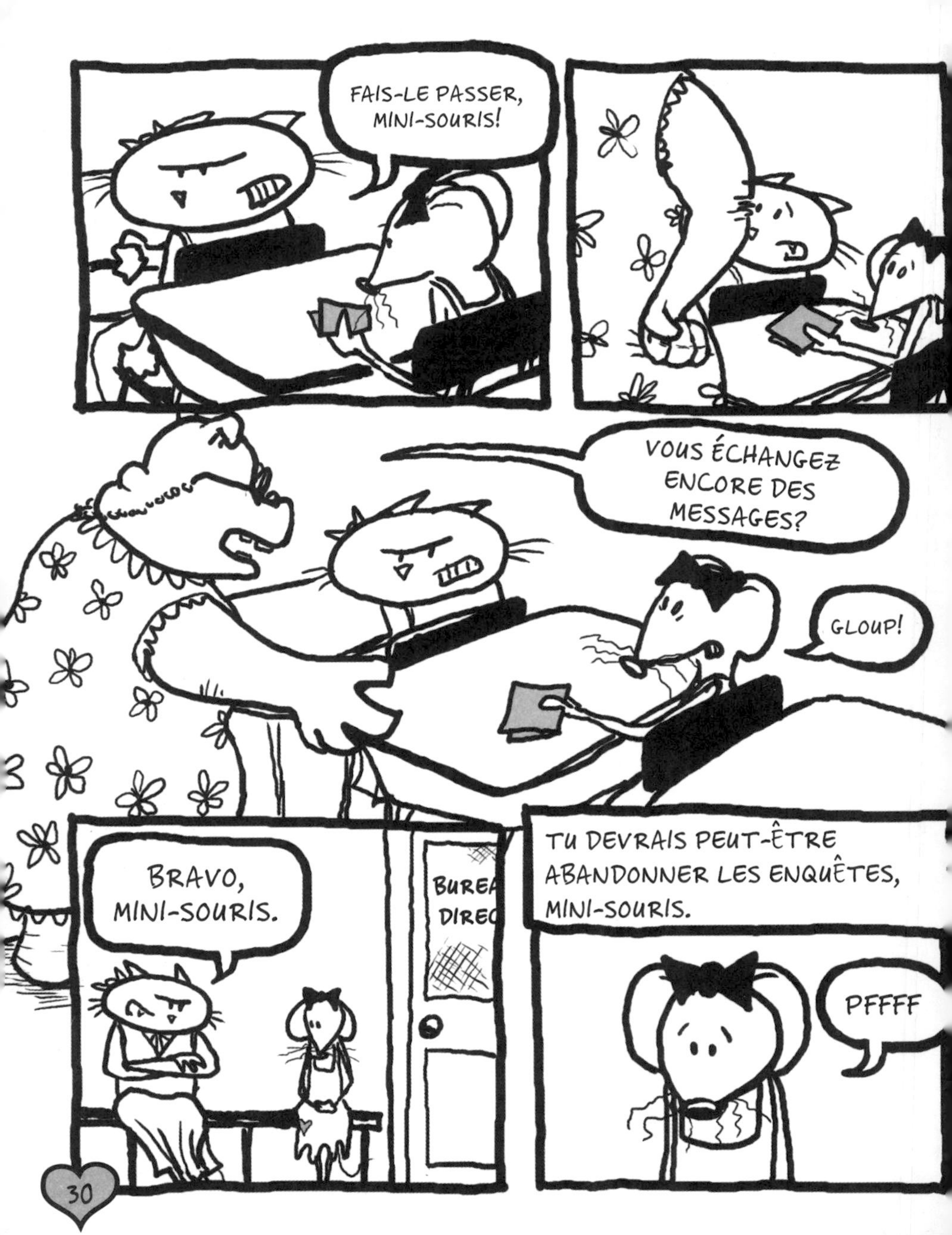
FAIS-LE PASSER, MINI-SOURIS!
VOUS ÉCHANGEZ ENCORE DES MESSAGES?
GLOUP!
BRAVO, MINI-SOURIS.
TU DEVRAIS PEUT-ÊTRE ABANDONNER LES ENQUÊTES, MINI-SOURIS.
PFFFF

MIDI... LA BOUFFE N'EST VRAIMENT PAS À LA HAUTEUR D'UNE REINE... NI DE SON ASSISTANTE.

BEURK.

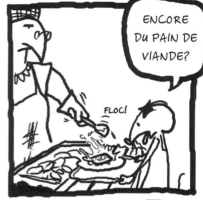

ENCORE DU PAIN DE VIANDE?

FLOC!

EN PLUS, QUELQU'UN EST ASSIS SUR LE TRÔNE DE MINI-SOURIS.

IL N'Y A PLUS DE PLACE, MINI-SOURIS.

ÉVIDEMMENT.

OÙ EST LE PRINCE QUAND ON A BESOIN DE LUI?

PAR ICI, MINI-SOURIS! JE T'AI RÉSERVÉ UNE PLACE.

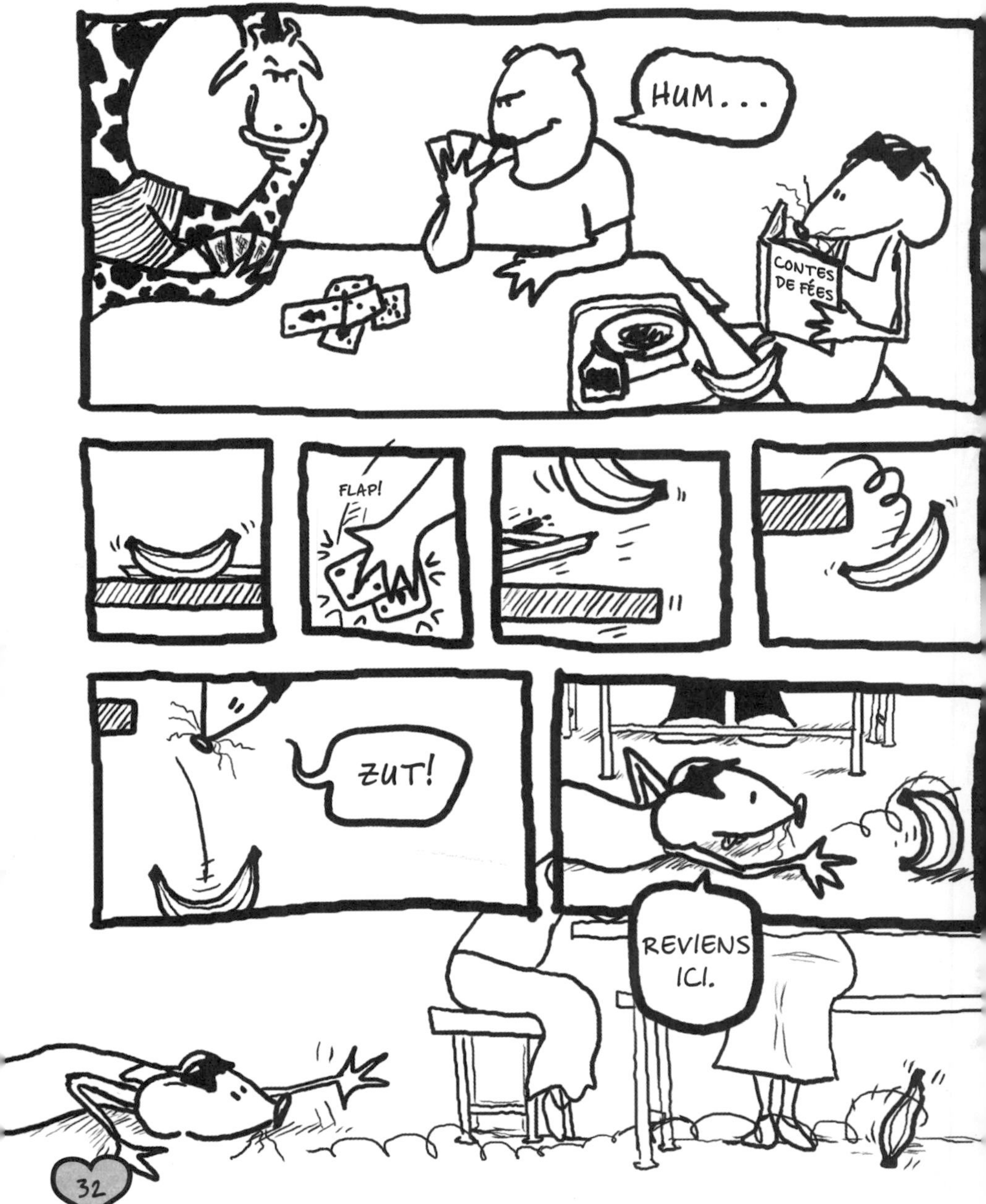
HUM...
CONTES DE FÉES
FLAP!
ZUT!
REVIENS ICI.

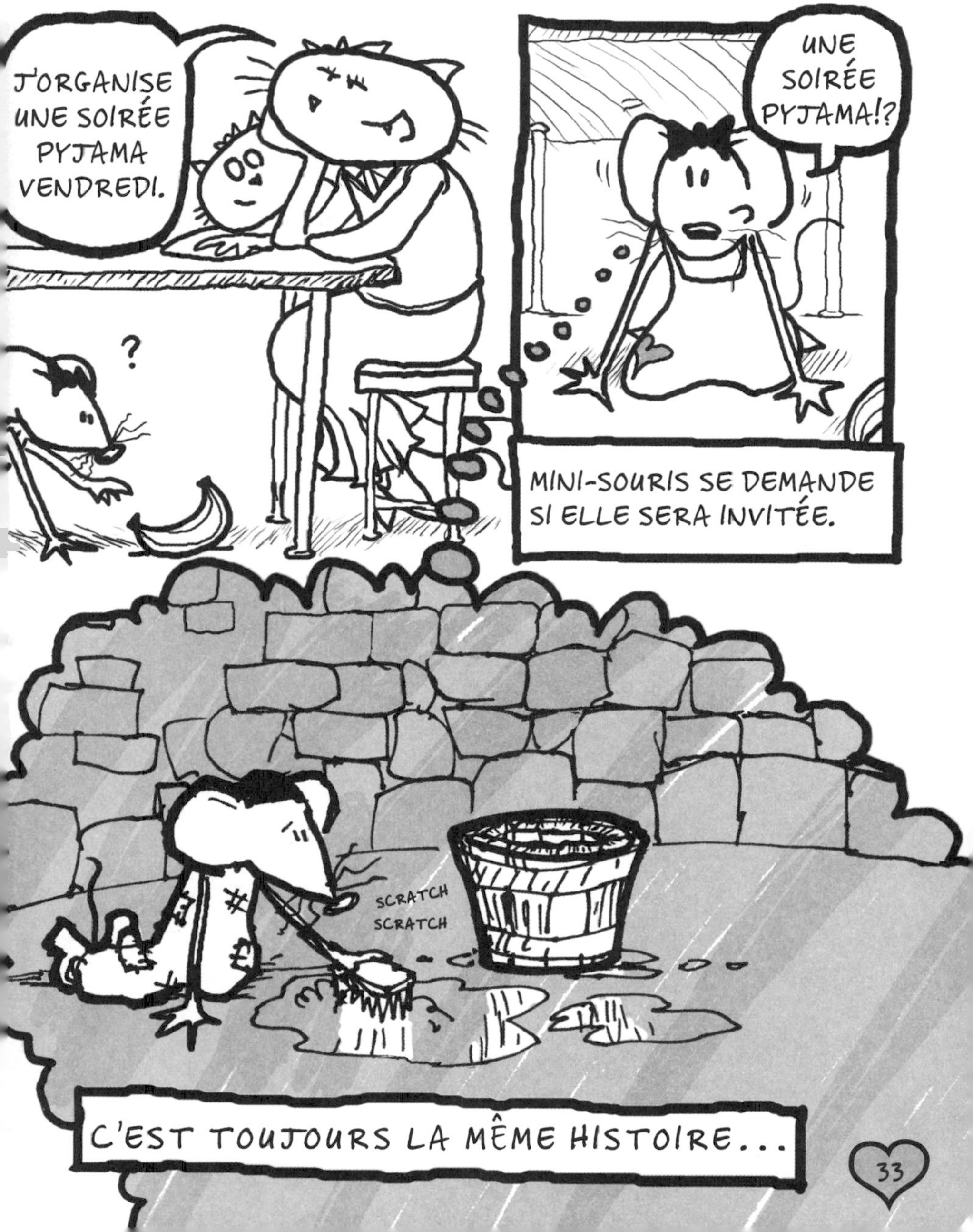
J'ORGANISE UNE SOIRÉE PYJAMA VENDREDI.
?
UNE SOIRÉE PYJAMA!?
MINI-SOURIS SE DEMANDE SI ELLE SERA INVITÉE.
SCRATCH SCRATCH
C'EST TOUJOURS LA MÊME HISTOIRE...

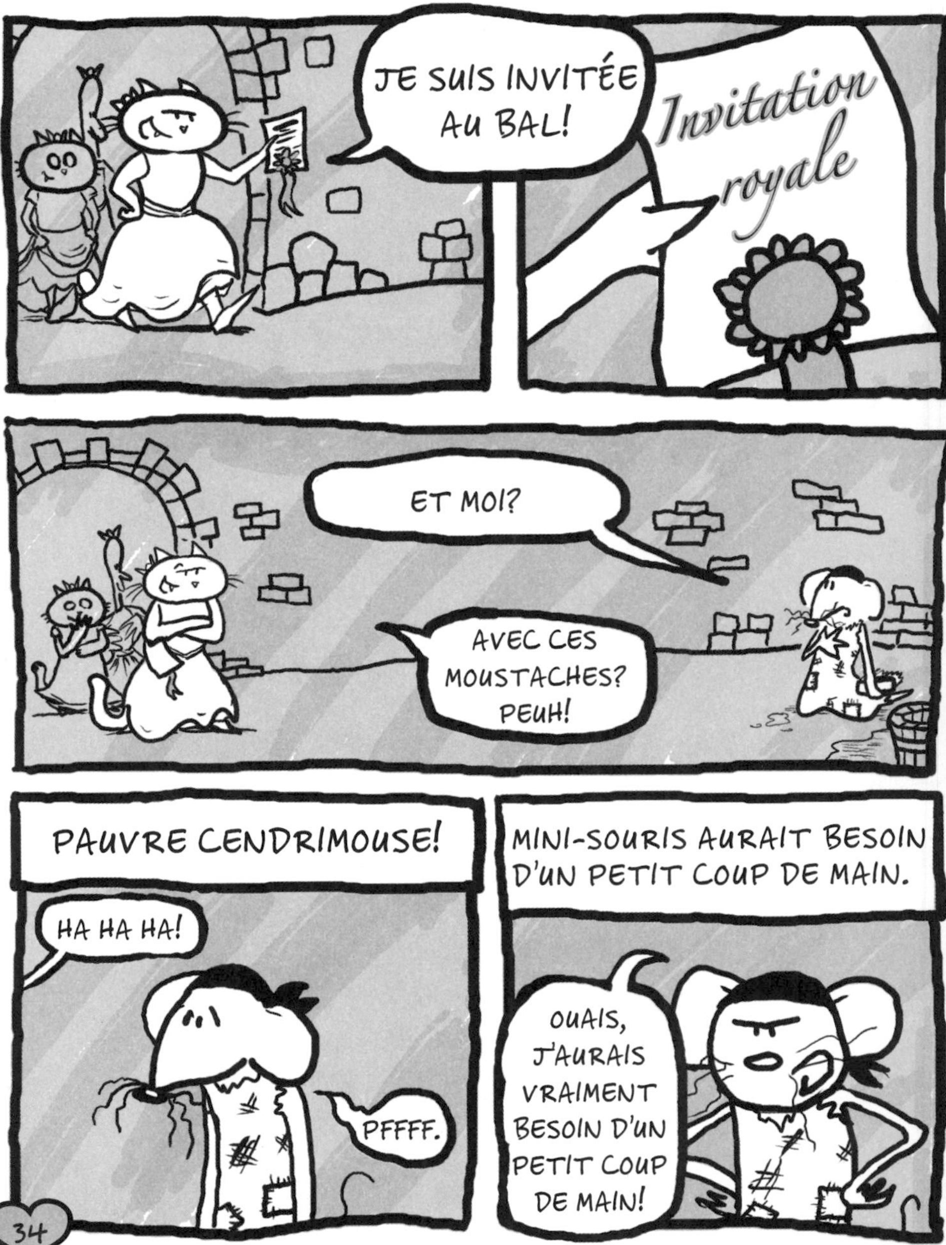
JE SUIS INVITÉE AU BAL!
Invitation royale
ET MOI?
AVEC CES MOUSTACHES? PEUH!
PAUVRE CENDRIMOUSE!
HA HA HA!
PFFFF.
MINI-SOURIS AURAIT BESOIN D'UN PETIT COUP DE MAIN.
OUAIS, J'AURAIS VRAIMENT BESOIN D'UN PETIT COUP DE MAIN!

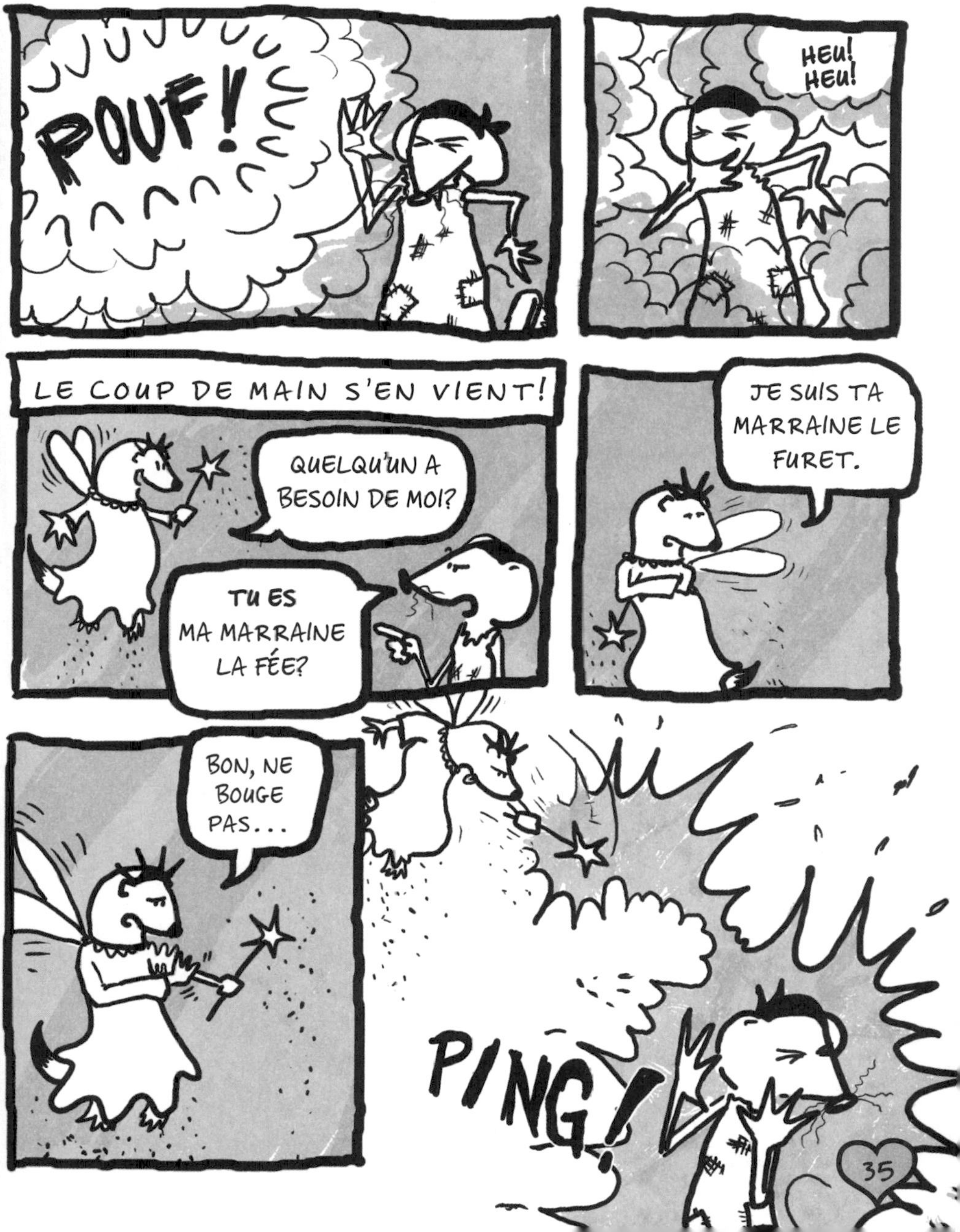
POUF!
HEU! HEU!
LE COUP DE MAIN S'EN VIENT!
QUELQU'UN A BESOIN DE MOI?
TU ES MA MARRAINE LA FÉE?
JE SUIS TA MARRAINE LE FURET.
BON, NE BOUGE PAS...
PING!

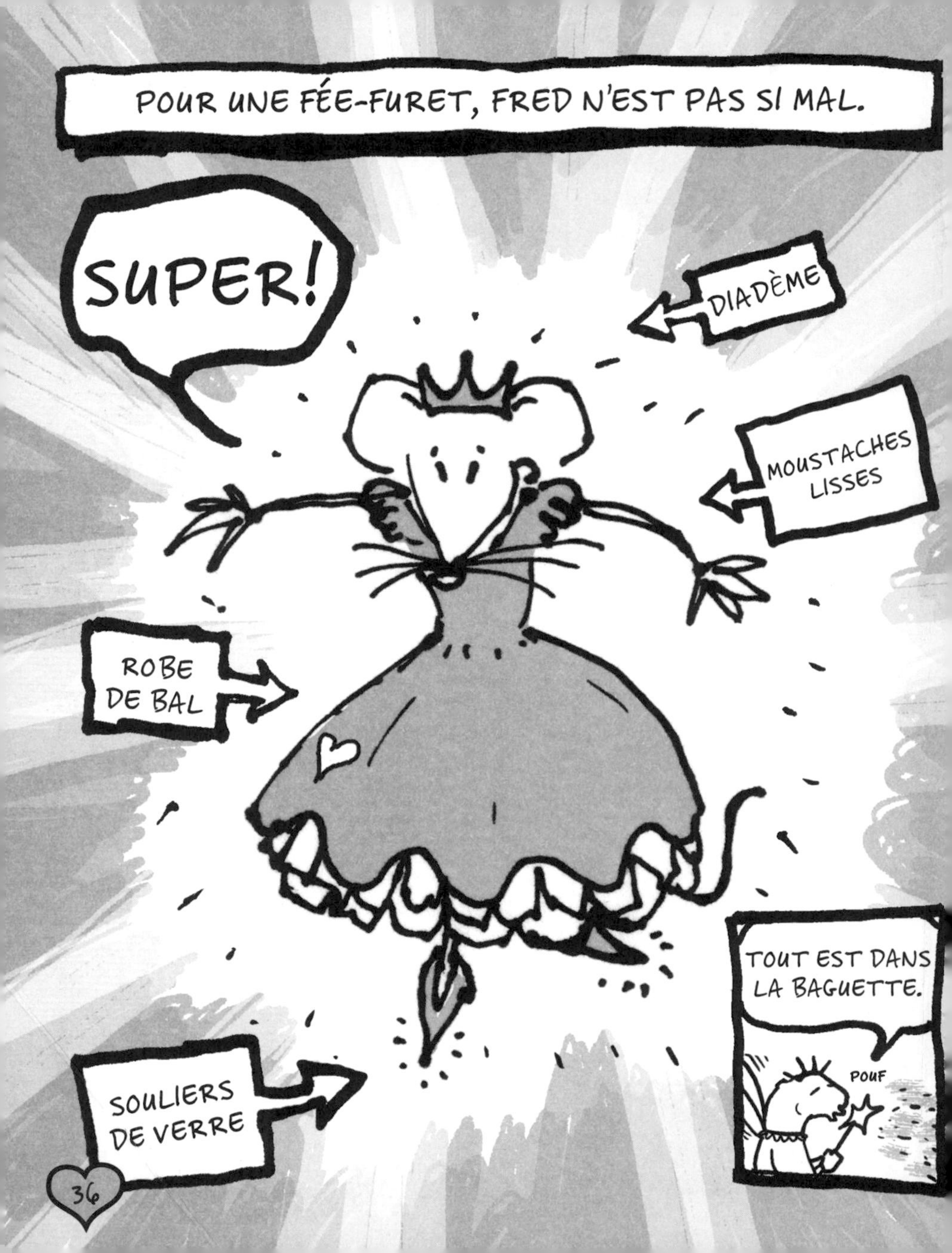
POUR UNE FÉE-FURET, FRED N'EST PAS SI MAL.
SUPER!
DIADÈME
MOUSTACHES LISSES
ROBE DE BAL
SOULIERS DE VERRE
TOUT EST DANS LA BAGUETTE.
POUF

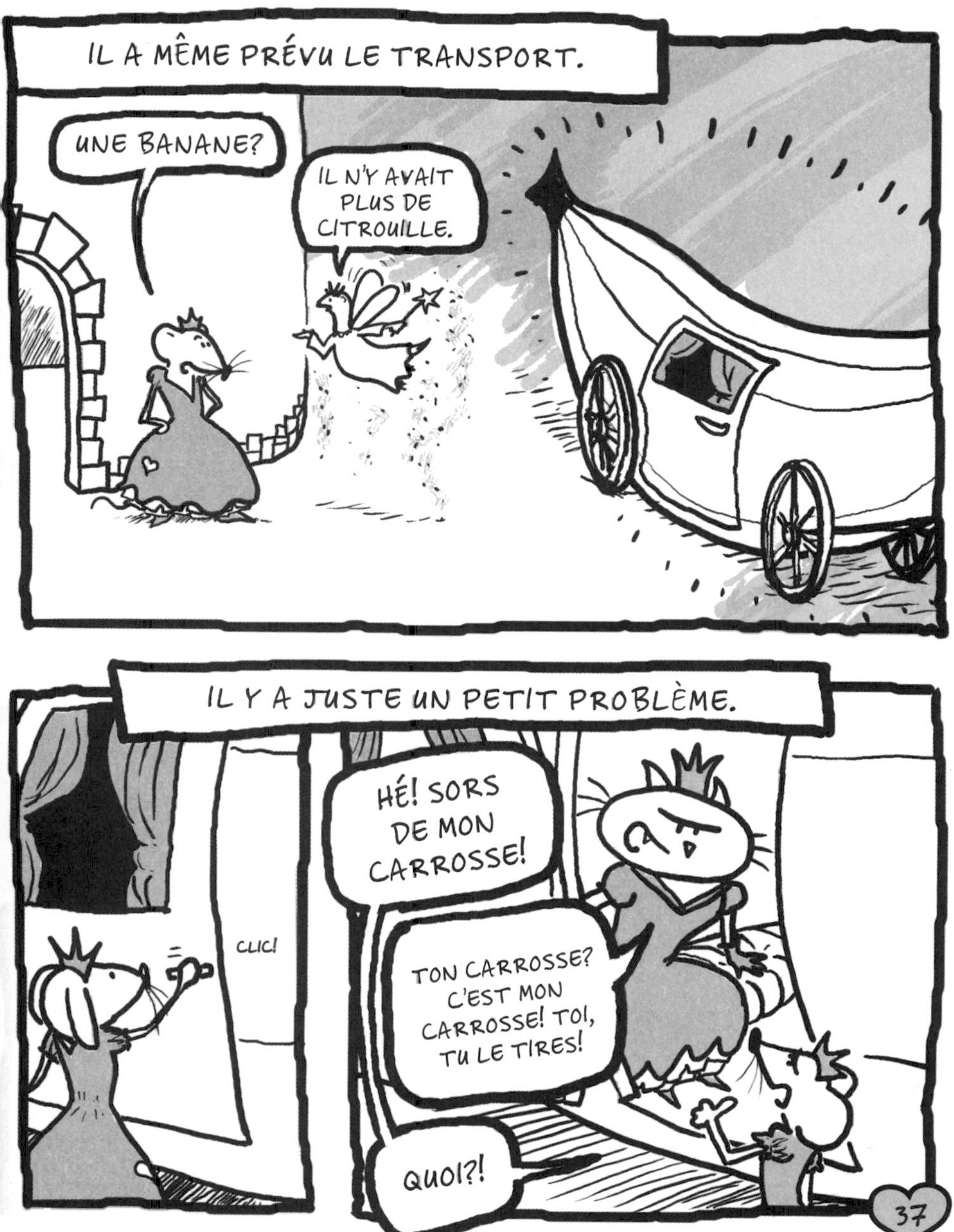
IL A MÊME PRÉVU LE TRANSPORT.
UNE BANANE?
IL N'Y AVAIT PLUS DE CITROUILLE.
IL Y A JUSTE UN PETIT PROBLÈME.
CLIC!
HÉ! SORS DE MON CARROSSE!
TON CARROSSE? C'EST MON CARROSSE! TOI, TU LE TIRES!
QUOI?!

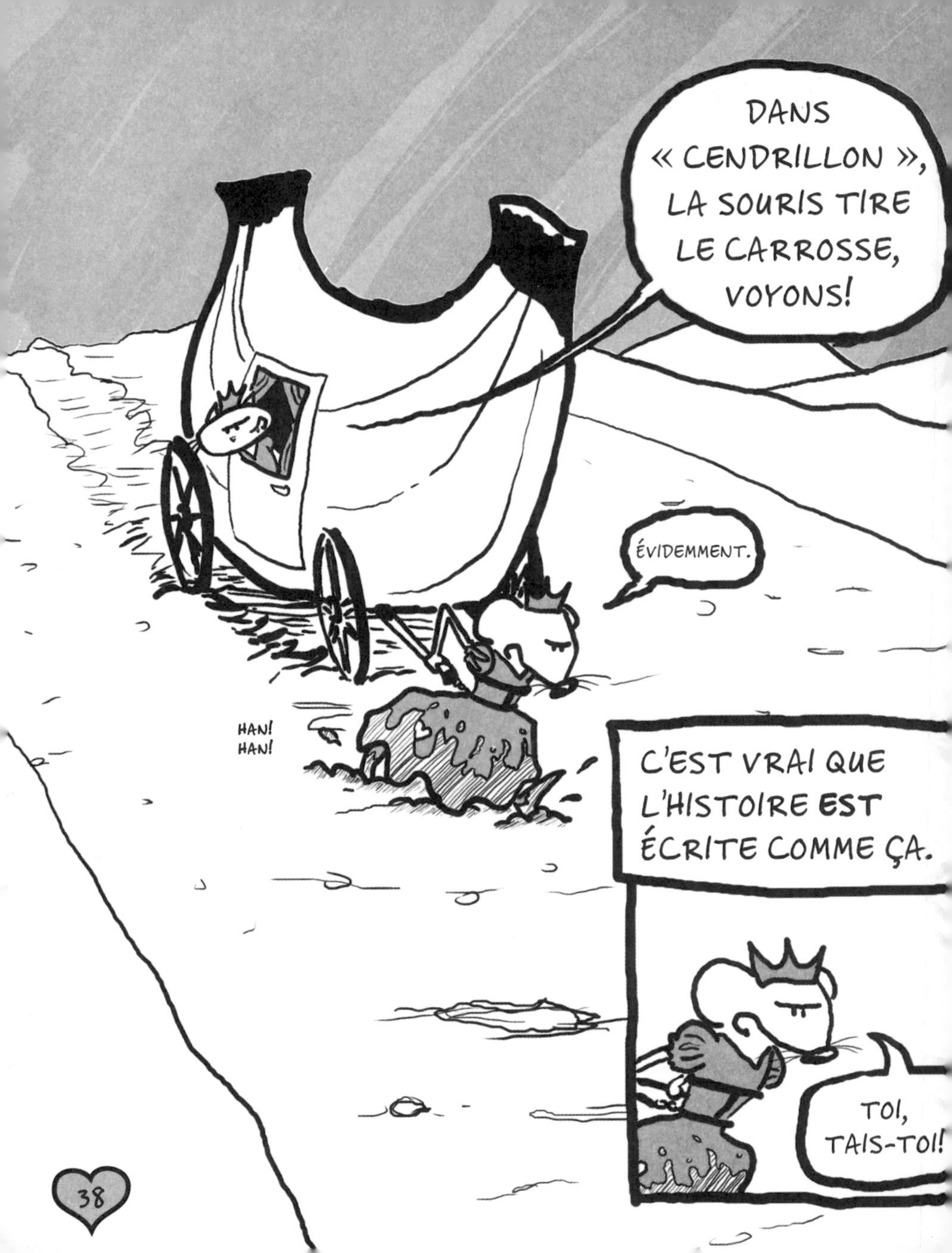
DANS « CENDRILLON », LA SOURIS TIRE LE CARROSSE, VOYONS!
ÉVIDEMMENT.
HAN! HAN!
C'EST VRAI QUE L'HISTOIRE **EST** ÉCRITE COMME ÇA.
TOI, TAIS-TOI!

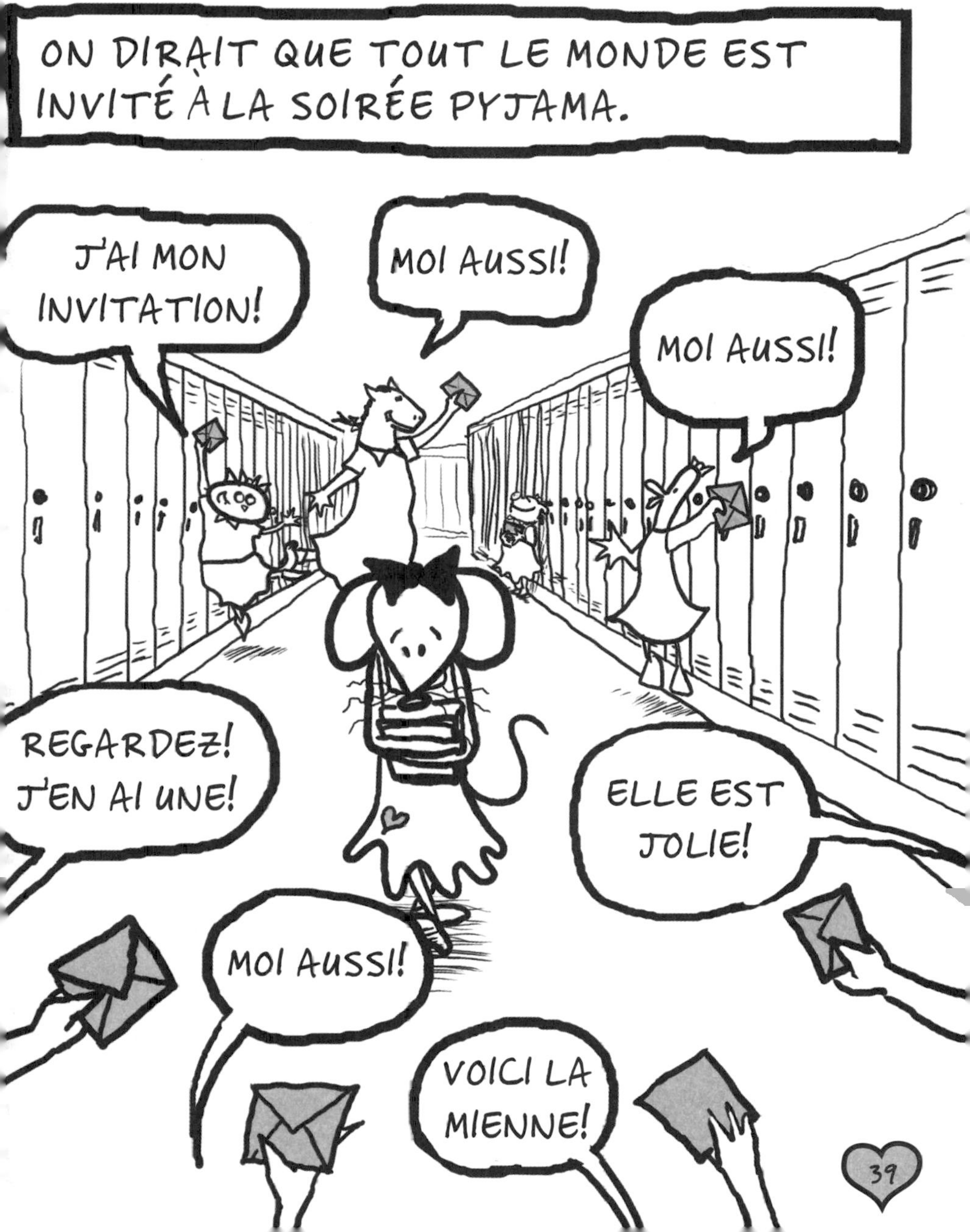
ON DIRAIT QUE TOUT LE MONDE EST INVITÉ À LA SOIRÉE PYJAMA.
J'AI MON INVITATION!
MOI AUSSI!
MOI AUSSI!
REGARDEZ! J'EN AI UNE!
ELLE EST JOLIE!
MOI AUSSI!
VOICI LA MIENNE!

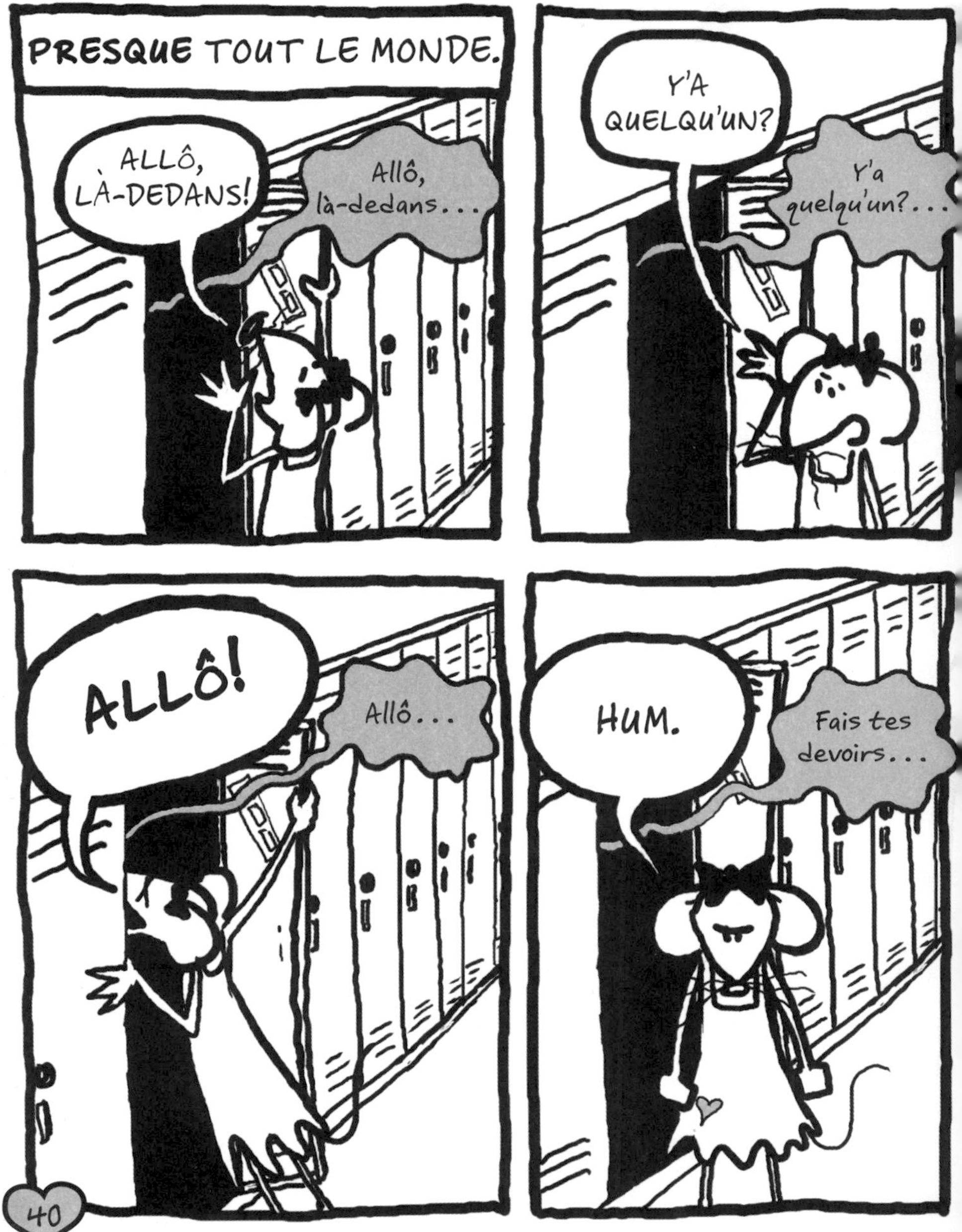
PRESQUE TOUT LE MONDE.
ALLÔ, LÀ-DEDANS!
Allô, là-dedans...
Y'A QUELQU'UN?
Y'a quelqu'un?...
ALLÔ!
Allô...
HUM.
Fais tes devoirs...

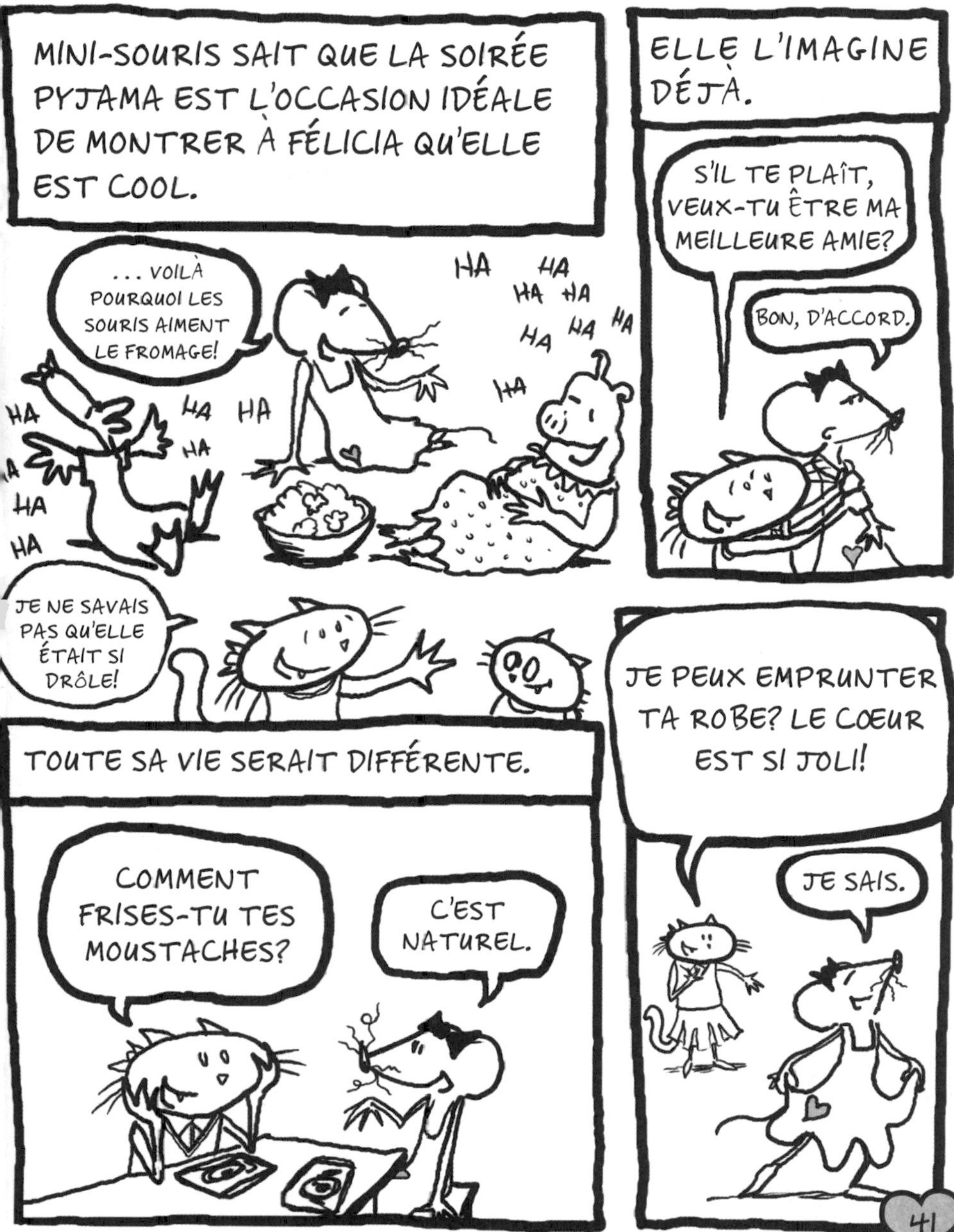
MINI-SOURIS SAIT QUE LA SOIRÉE PYJAMA EST L'OCCASION IDÉALE DE MONTRER À FÉLICIA QU'ELLE EST COOL.
... VOILÀ POURQUOI LES SOURIS AIMENT LE FROMAGE!
HA HA HA HA HA HA HA HA HA
HA HA HA HA HA HA HA
JE NE SAVAIS PAS QU'ELLE ÉTAIT SI DRÔLE!
ELLE L'IMAGINE DÉJÀ.
S'IL TE PLAÎT, VEUX-TU ÊTRE MA MEILLEURE AMIE?
BON, D'ACCORD.
TOUTE SA VIE SERAIT DIFFÉRENTE.
COMMENT FRISES-TU TES MOUSTACHES?
C'EST NATUREL.
JE PEUX EMPRUNTER TA ROBE? LE COEUR EST SI JOLI!
JE SAIS.

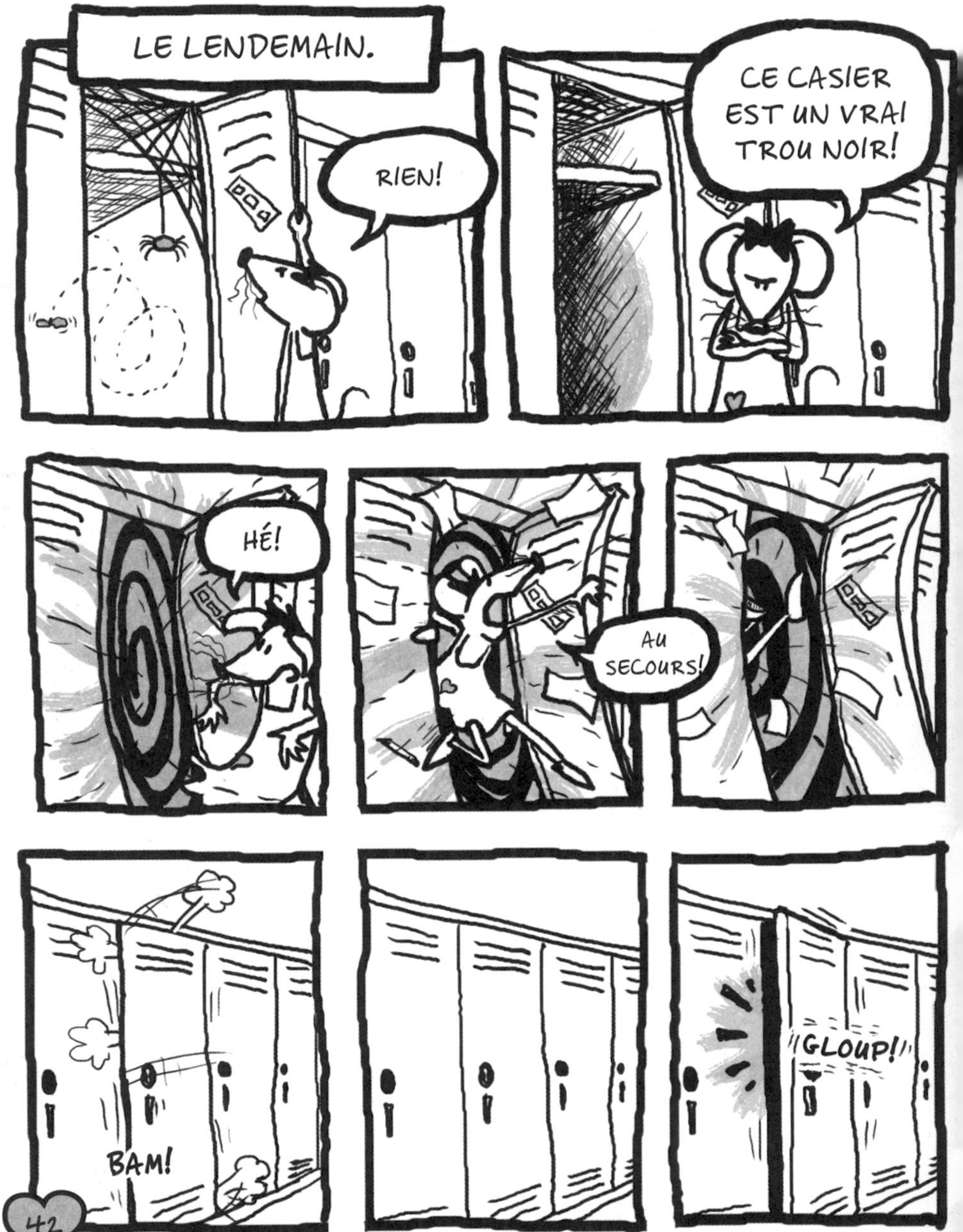
LE LENDEMAIN.
RIEN!
CE CASIER EST UN VRAI TROU NOIR!
HÉ!
AU SECOURS!
BAM!
GLOUP!

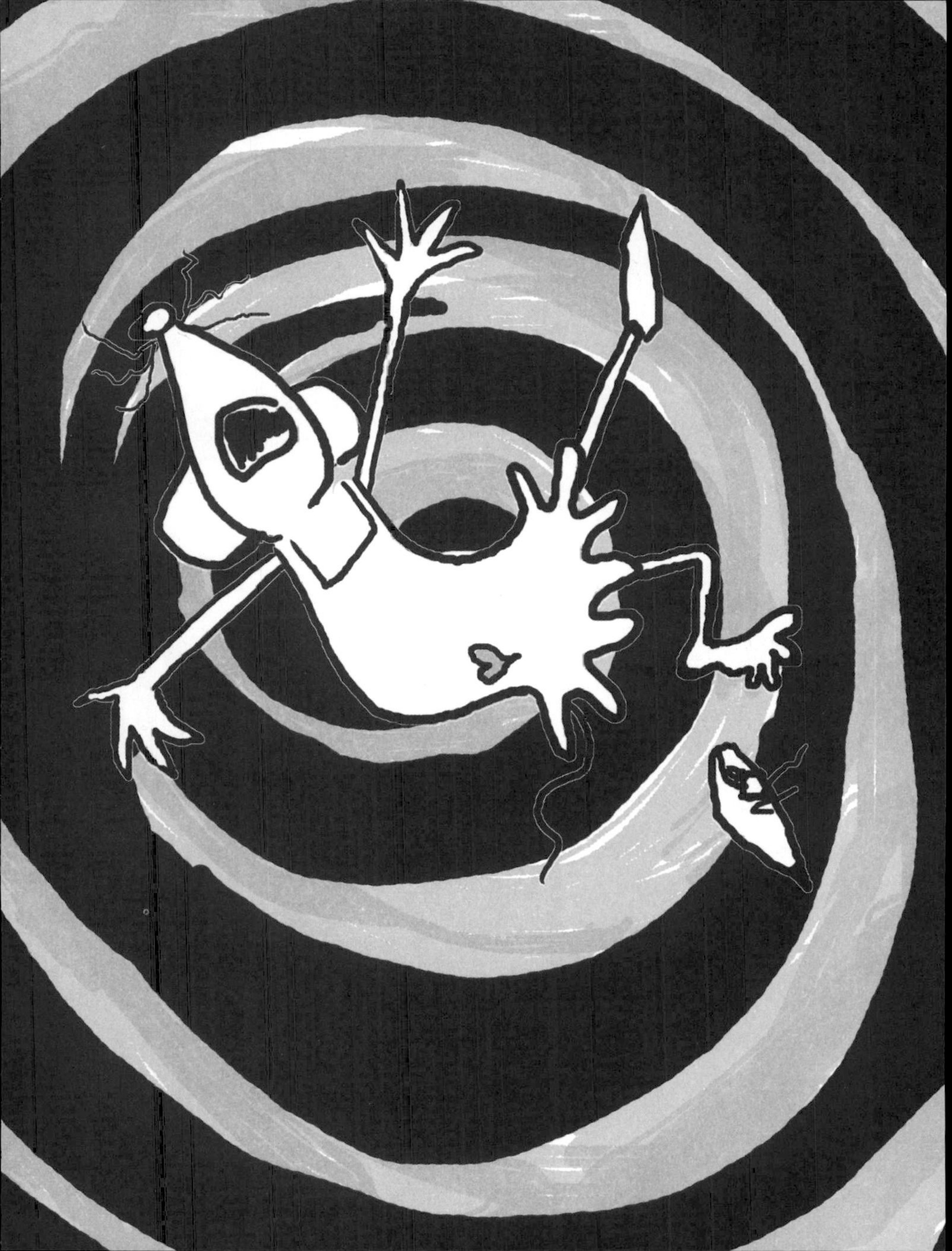

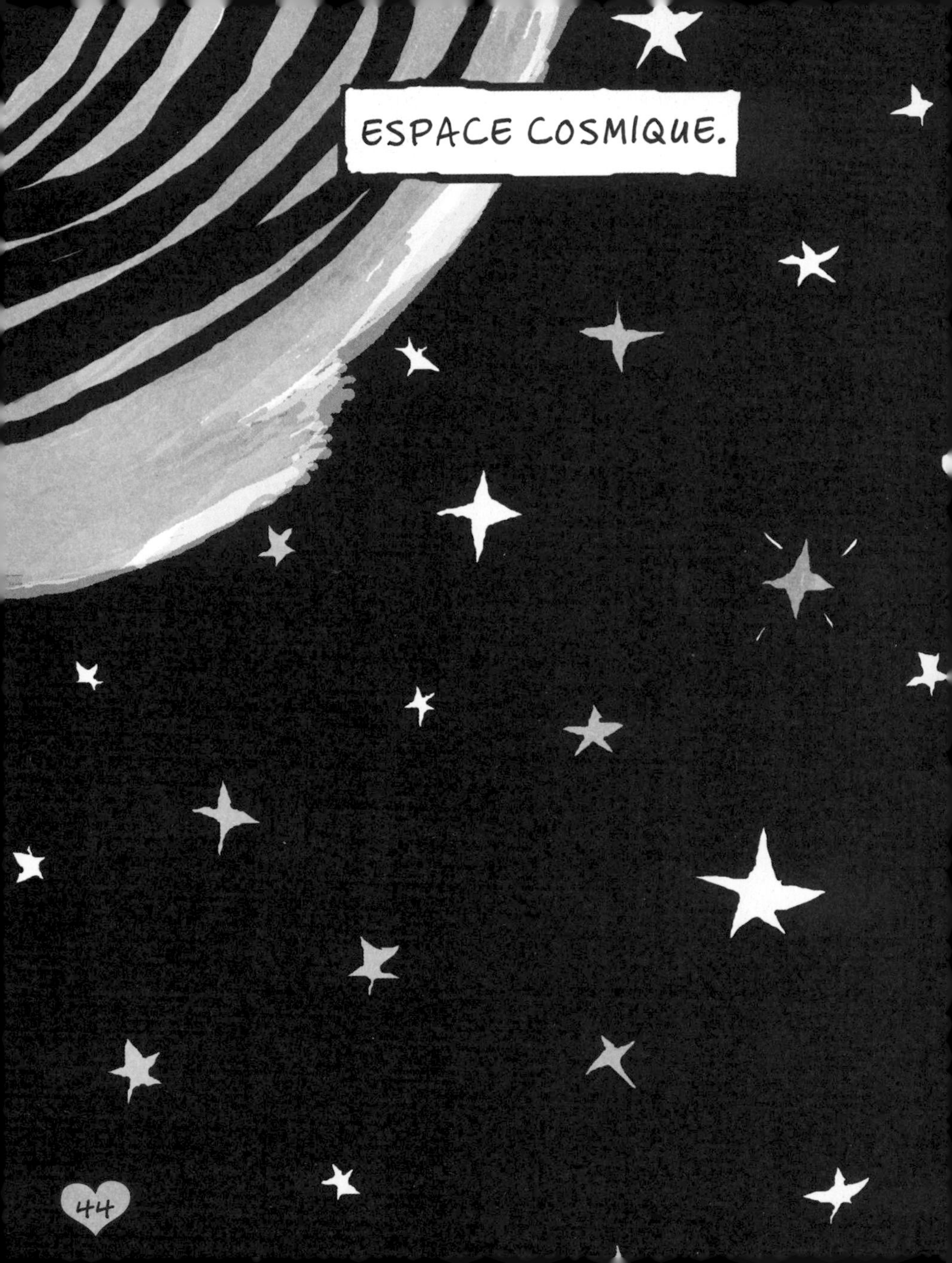
ESPACE COSMIQUE.

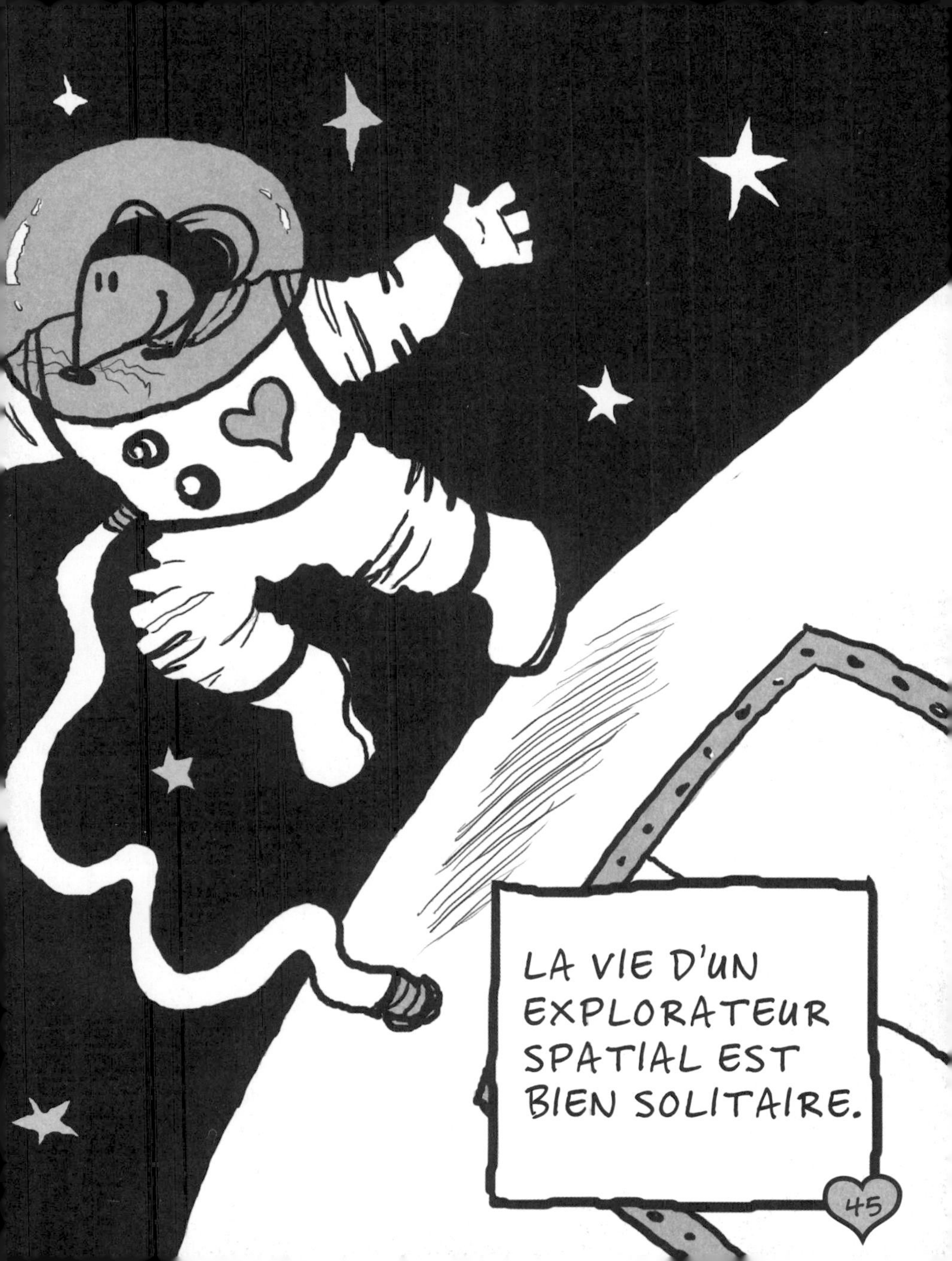
LA VIE D'UN EXPLORATEUR SPATIAL EST BIEN SOLITAIRE.

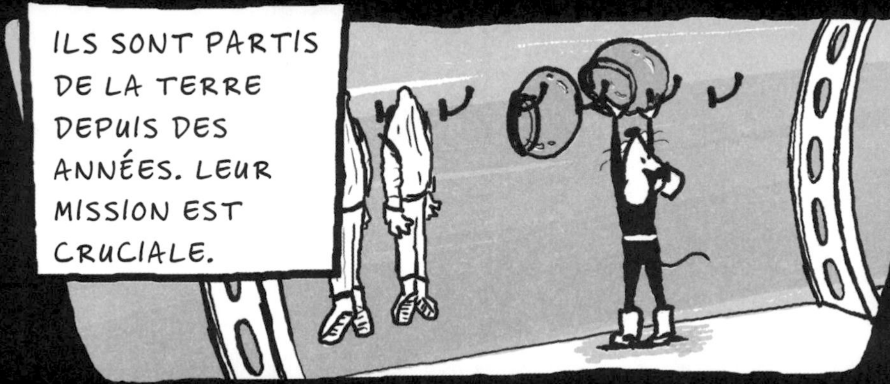
ILS SONT PARTIS DE LA TERRE DEPUIS DES ANNÉES. LEUR MISSION EST CRUCIALE.

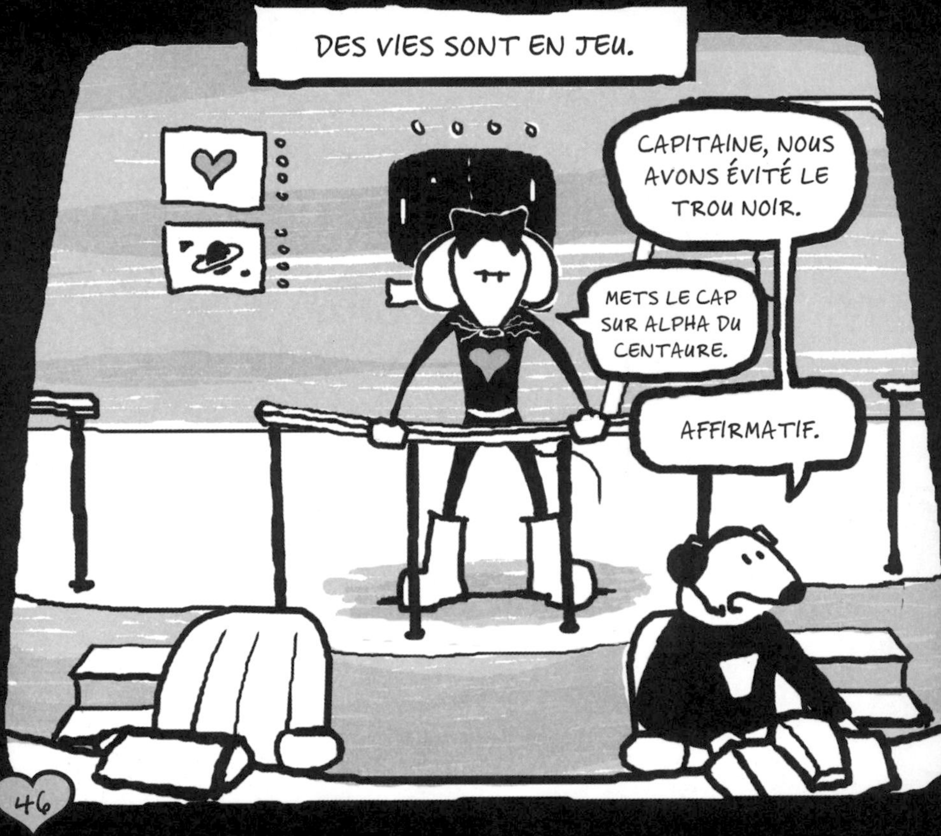
DES VIES SONT EN JEU.
CAPITAINE, NOUS AVONS ÉVITÉ LE TROU NOIR.
METS LE CAP SUR ALPHA DU CENTAURE.
AFFIRMATIF.

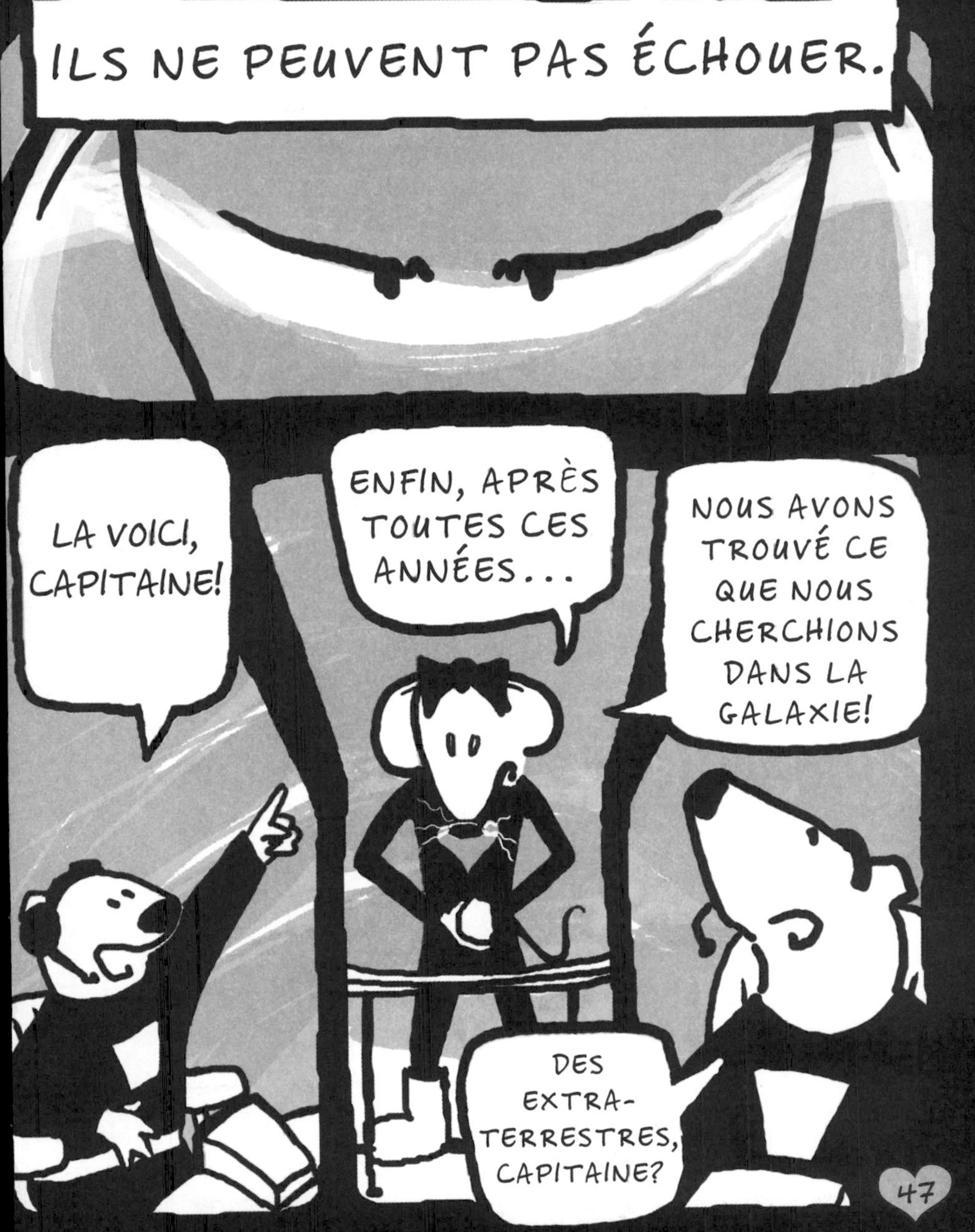
ILS NE PEUVENT PAS ÉCHOUER.
LA VOICI, CAPITAINE!
ENFIN, APRÈS TOUTES CES ANNÉES...
NOUS AVONS TROUVÉ CE QUE NOUS CHERCHIONS DANS LA GALAXIE!
DES EXTRA-TERRESTRES, CAPITAINE?
47

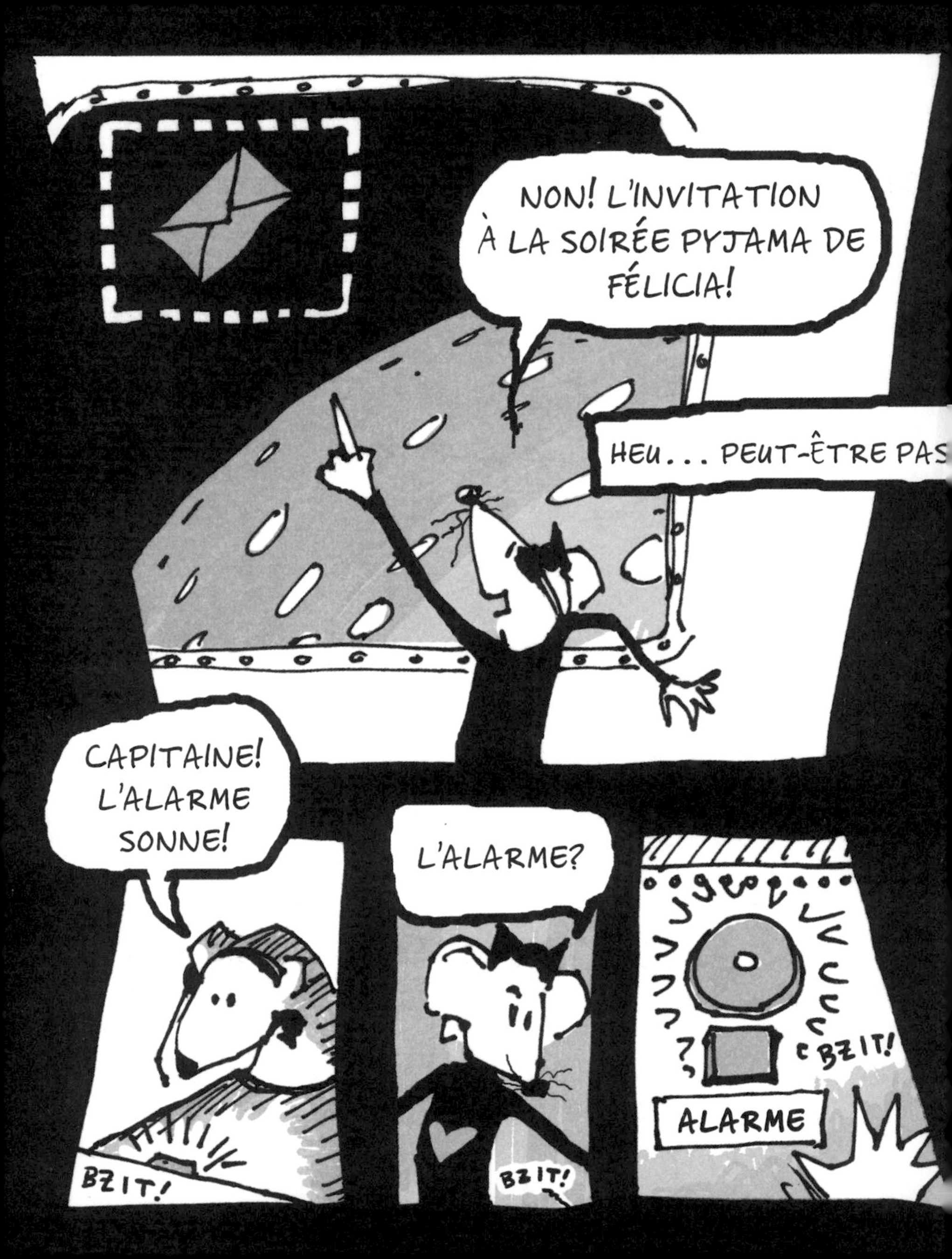
NON! L'INVITATION À LA SOIRÉE PYJAMA DE FÉLICIA!
HEU... PEUT-ÊTRE PAS
CAPITAINE! L'ALARME SONNE!
BZIT!
L'ALARME?
BZIT!
BZIT!
ALARME

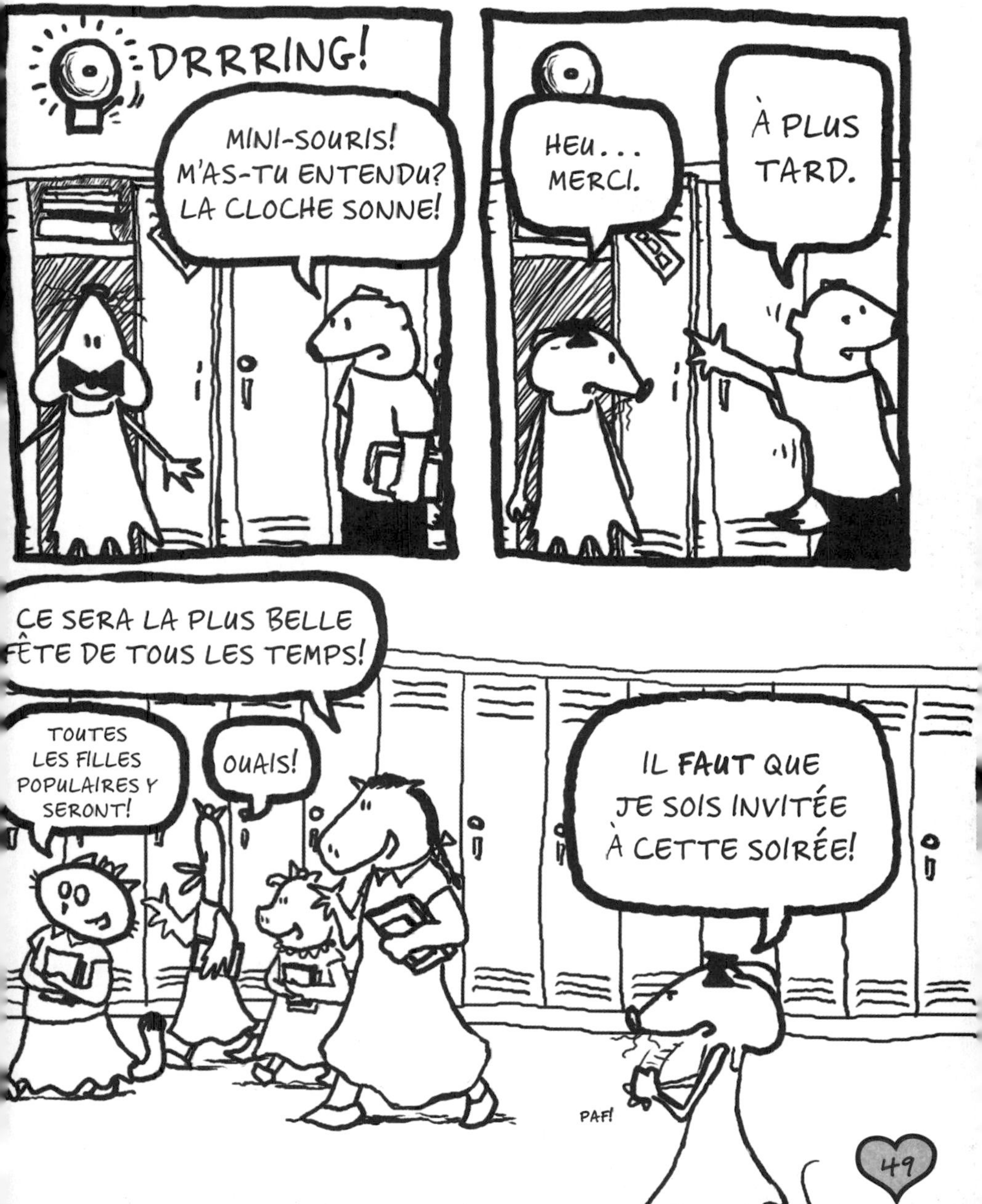
DRRRING!
MINI-SOURIS! M'AS-TU ENTENDU? LA CLOCHE SONNE!
HEU... MERCI.
À PLUS TARD.
CE SERA LA PLUS BELLE FÊTE DE TOUS LES TEMPS!
TOUTES LES FILLES POPULAIRES Y SERONT!
OUAIS!
IL **FAUT** QUE JE SOIS INVITÉE À CETTE SOIRÉE!
PAF!

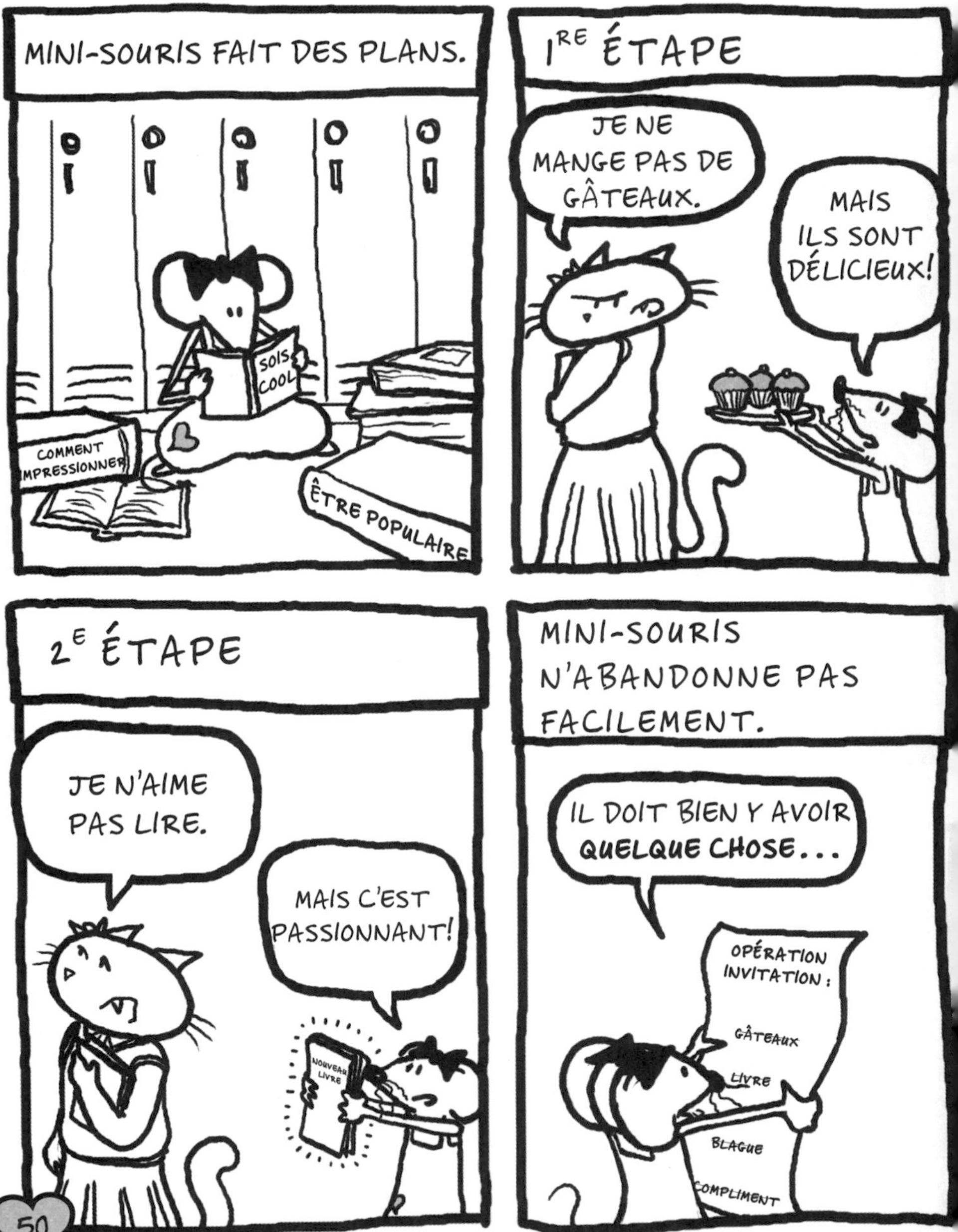

MINI-SOURIS FAIT DES PLANS.
SOIS COOL
COMMENT IMPRESSIONNER
ÊTRE POPULAIRE
1RE ÉTAPE
JE NE MANGE PAS DE GÂTEAUX.
MAIS ILS SONT DÉLICIEUX!
2E ÉTAPE
JE N'AIME PAS LIRE.
MAIS C'EST PASSIONNANT!
NOUVEAU LIVRE
MINI-SOURIS N'ABANDONNE PAS FACILEMENT.
IL DOIT BIEN Y AVOIR **QUELQUE CHOSE...**
OPÉRATION INVITATION :
GÂTEAUX
LIVRE
BLAGUE
COMPLIMENT

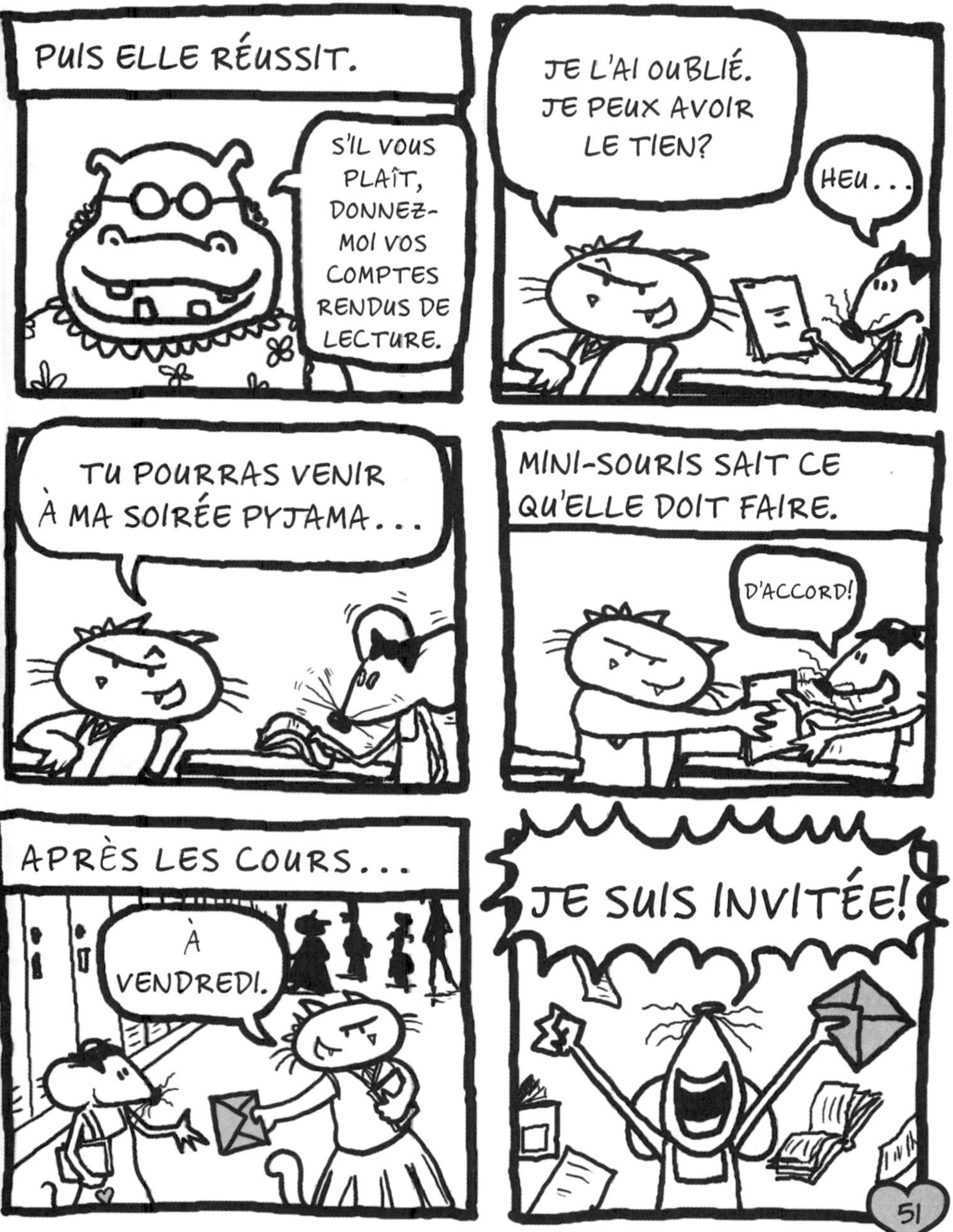
PUIS ELLE RÉUSSIT.
S'IL VOUS PLAÎT, DONNEZ-MOI VOS COMPTES RENDUS DE LECTURE.
JE L'AI OUBLIÉ. JE PEUX AVOIR LE TIEN?
HEU...
TU POURRAS VENIR À MA SOIRÉE PYJAMA...
MINI-SOURIS SAIT CE QU'ELLE DOIT FAIRE.
D'ACCORD!
APRÈS LES COURS...
À VENDREDI.
JE SUIS INVITÉE!

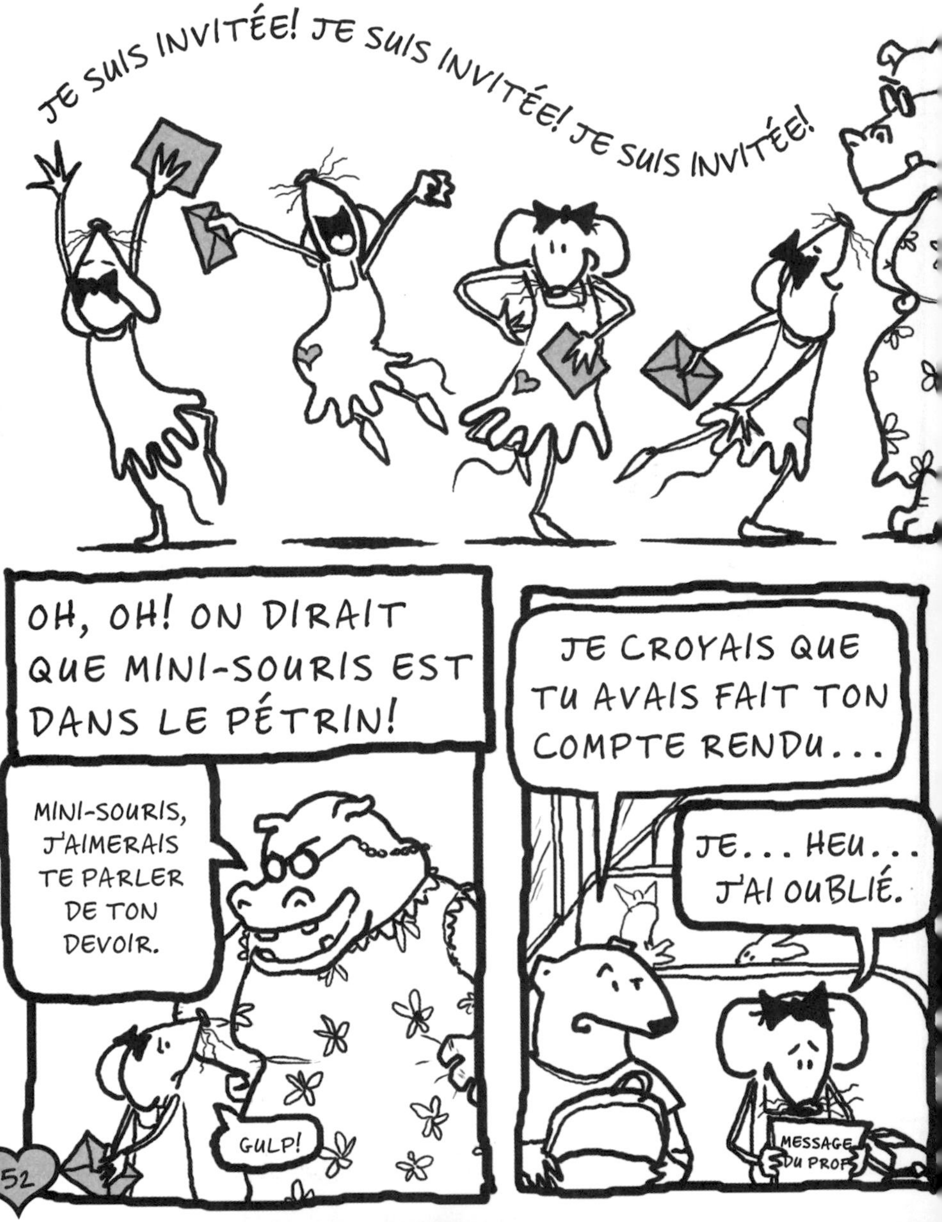

JE SUIS INVITÉE! JE SUIS INVITÉE! JE SUIS INVITÉE!
OH, OH! ON DIRAIT QUE MINI-SOURIS EST DANS LE PÉTRIN!
MINI-SOURIS, J'AIMERAIS TE PARLER DE TON DEVOIR.
GULP!
JE CROYAIS QUE TU AVAIS FAIT TON COMPTE RENDU...
JE... HEU... J'AI OUBLIÉ.
MESSAGE DU PROF

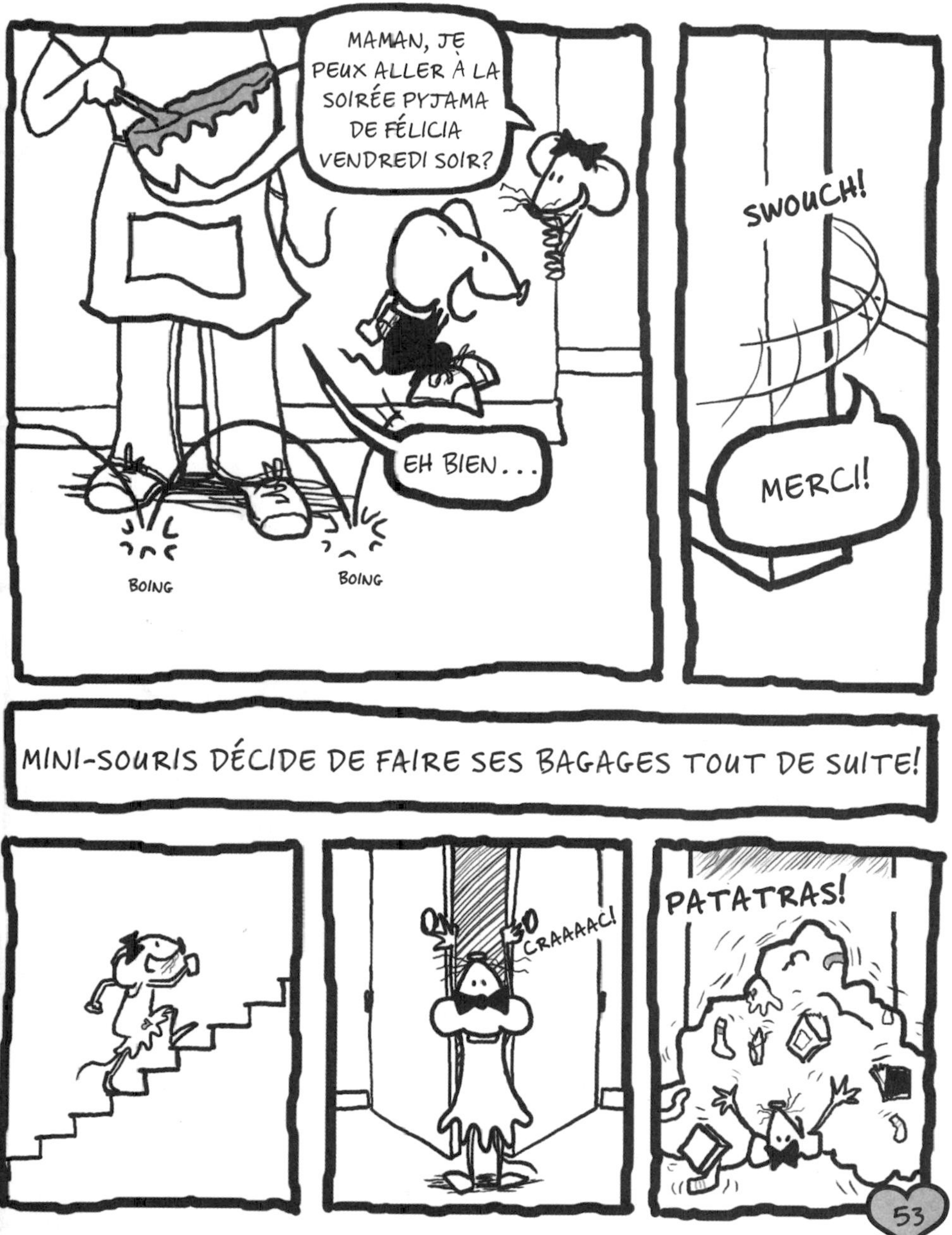
MAMAN, JE PEUX ALLER À LA SOIRÉE PYJAMA DE FÉLICIA VENDREDI SOIR?
EH BIEN...
BOING
BOING
SWOUCH!
MERCI!
MINI-SOURIS DÉCIDE DE FAIRE SES BAGAGES TOUT DE SUITE!
CRAAAAC!
PATATRAS!

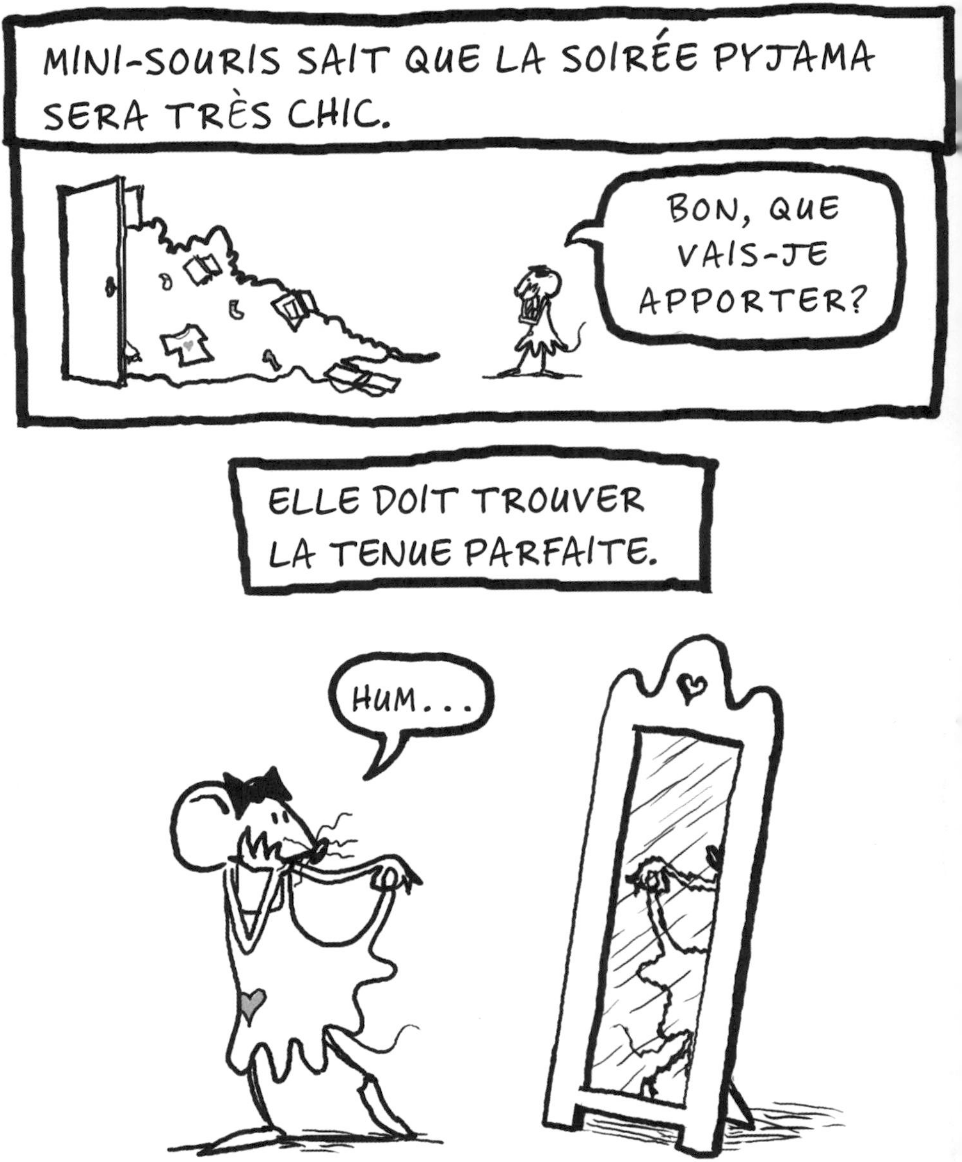
MINI-SOURIS SAIT QUE LA SOIRÉE PYJAMA SERA TRÈS CHIC.
BON, QUE VAIS-JE APPORTER?
ELLE DOIT TROUVER LA TENUE PARFAITE.
HUM...

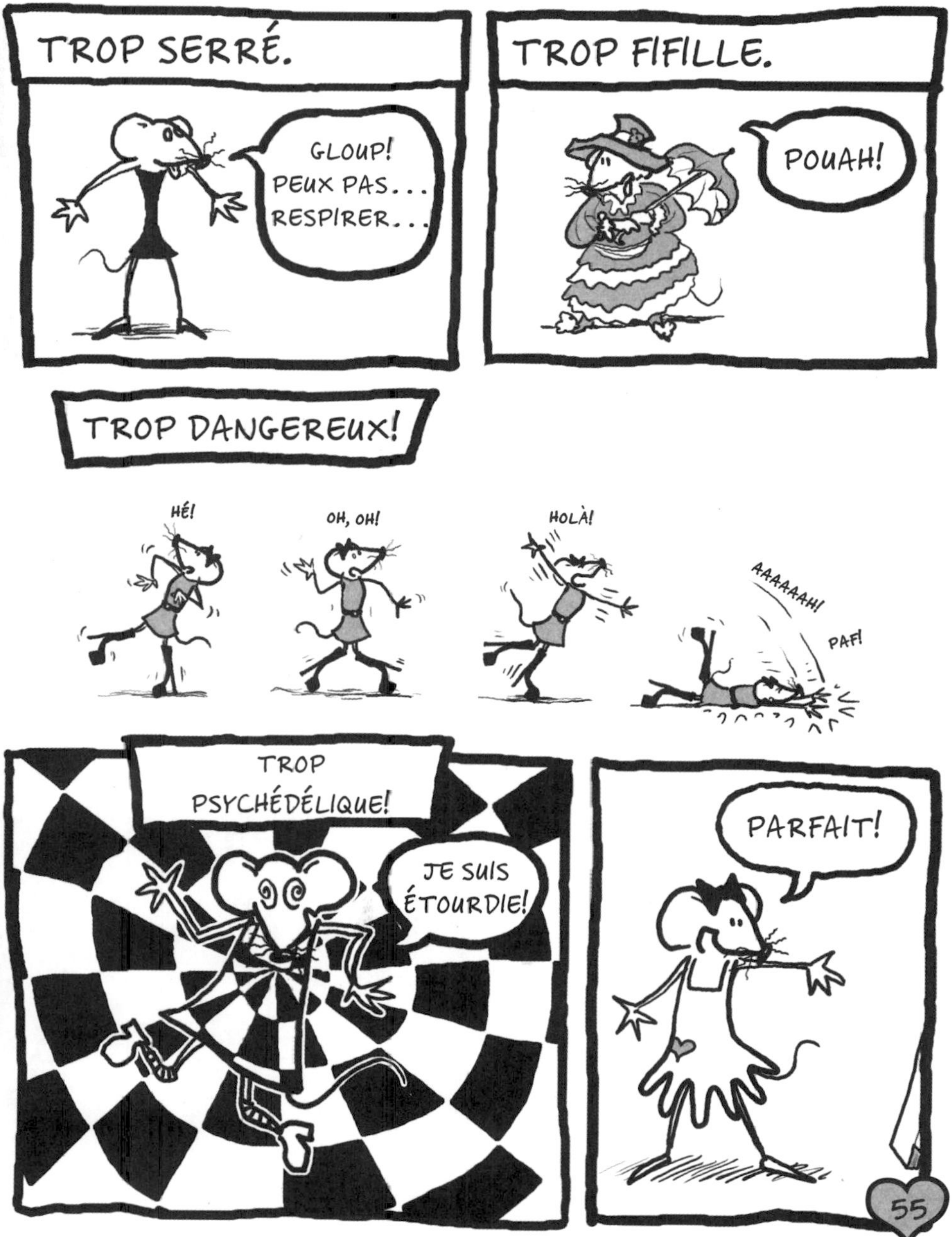
TROP SERRÉ.
GLOUP! PEUX PAS... RESPIRER...
TROP FIFILLE.
POUAH!
TROP DANGEREUX!
HÉ!
OH, OH!
HOLÀ!
AAAAAAAH!
PAF!
TROP PSYCHÉDÉLIQUE!
JE SUIS ÉTOURDIE!
PARFAIT!

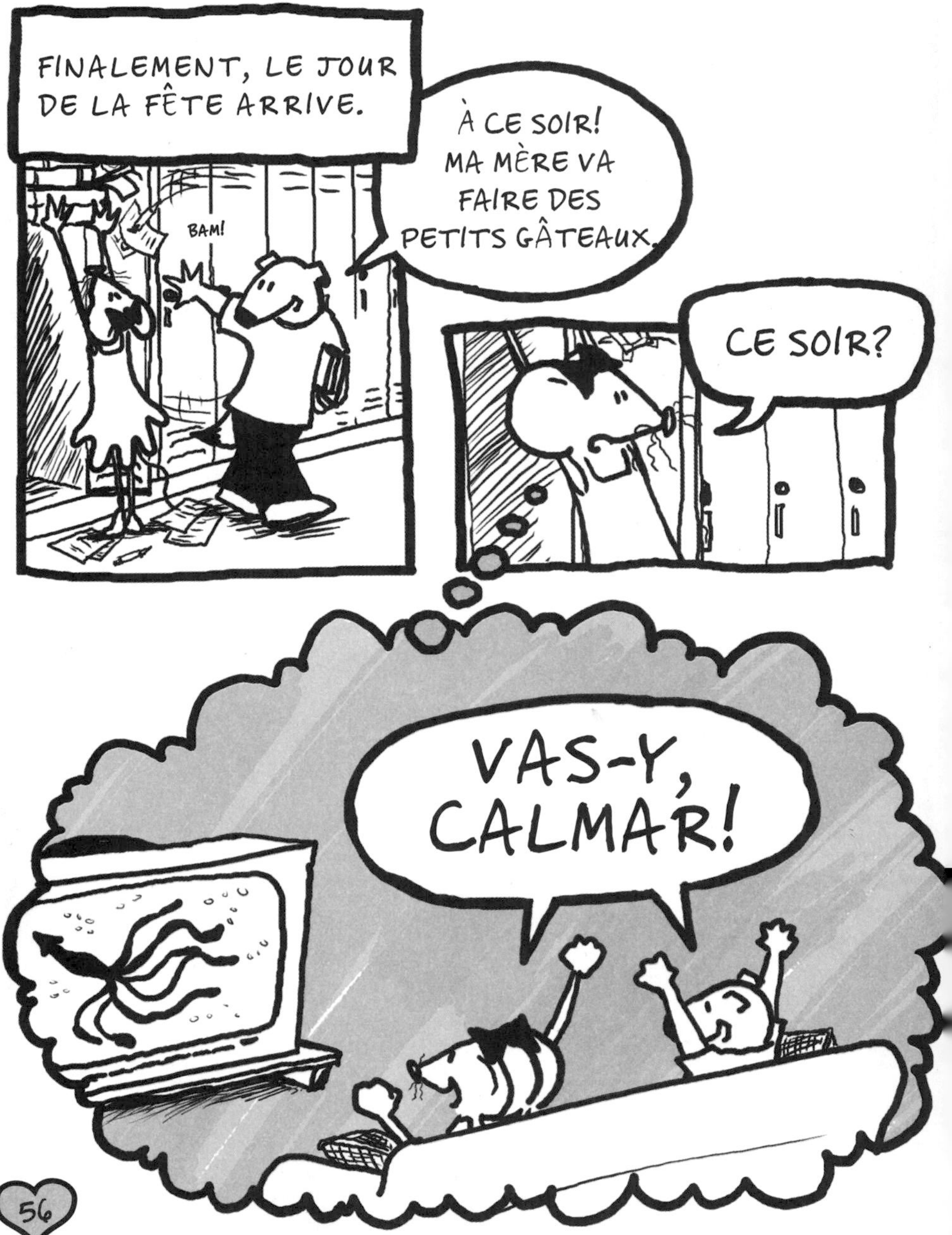
FINALEMENT, LE JOUR DE LA FÊTE ARRIVE.
BAM!
À CE SOIR! MA MÈRE VA FAIRE DES PETITS GÂTEAUX.
CE SOIR?
VAS-Y, CALMAR!

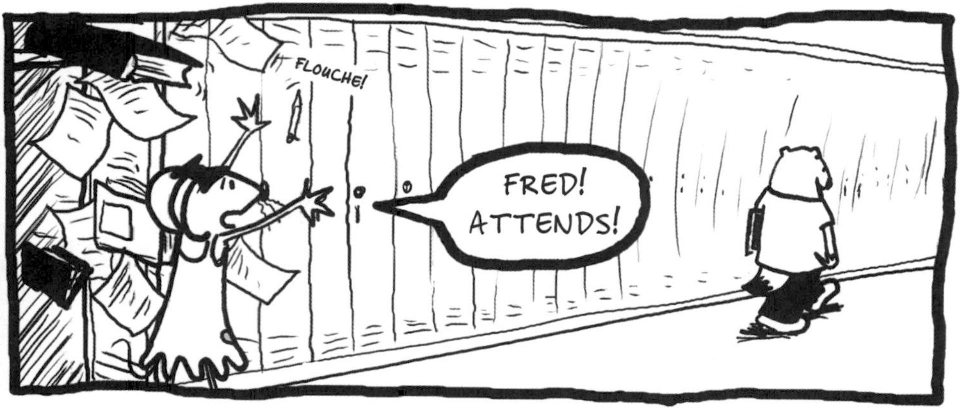
FLOUCHE!
FRED! ATTENDS!

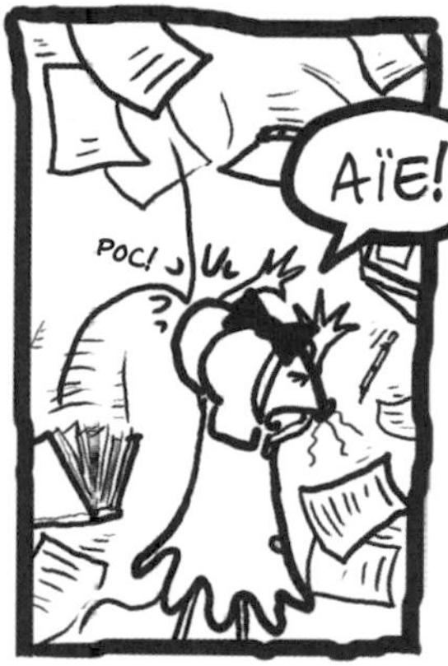
AÏE!
POC!

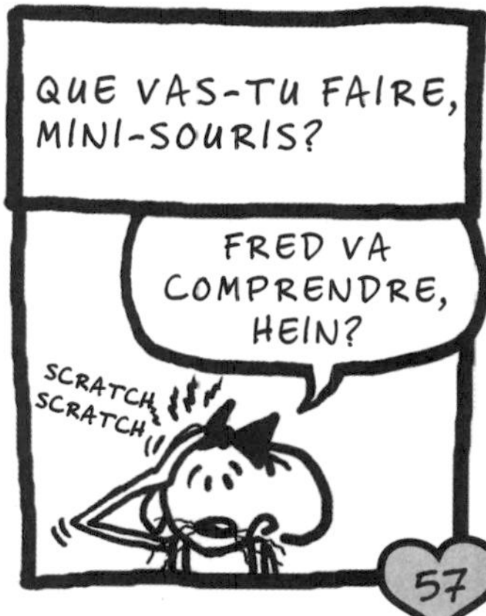
QUE VAS-TU FAIRE, MINI-SOURIS?
FRED VA COMPRENDRE, HEIN?
SCRATCH SCRATCH

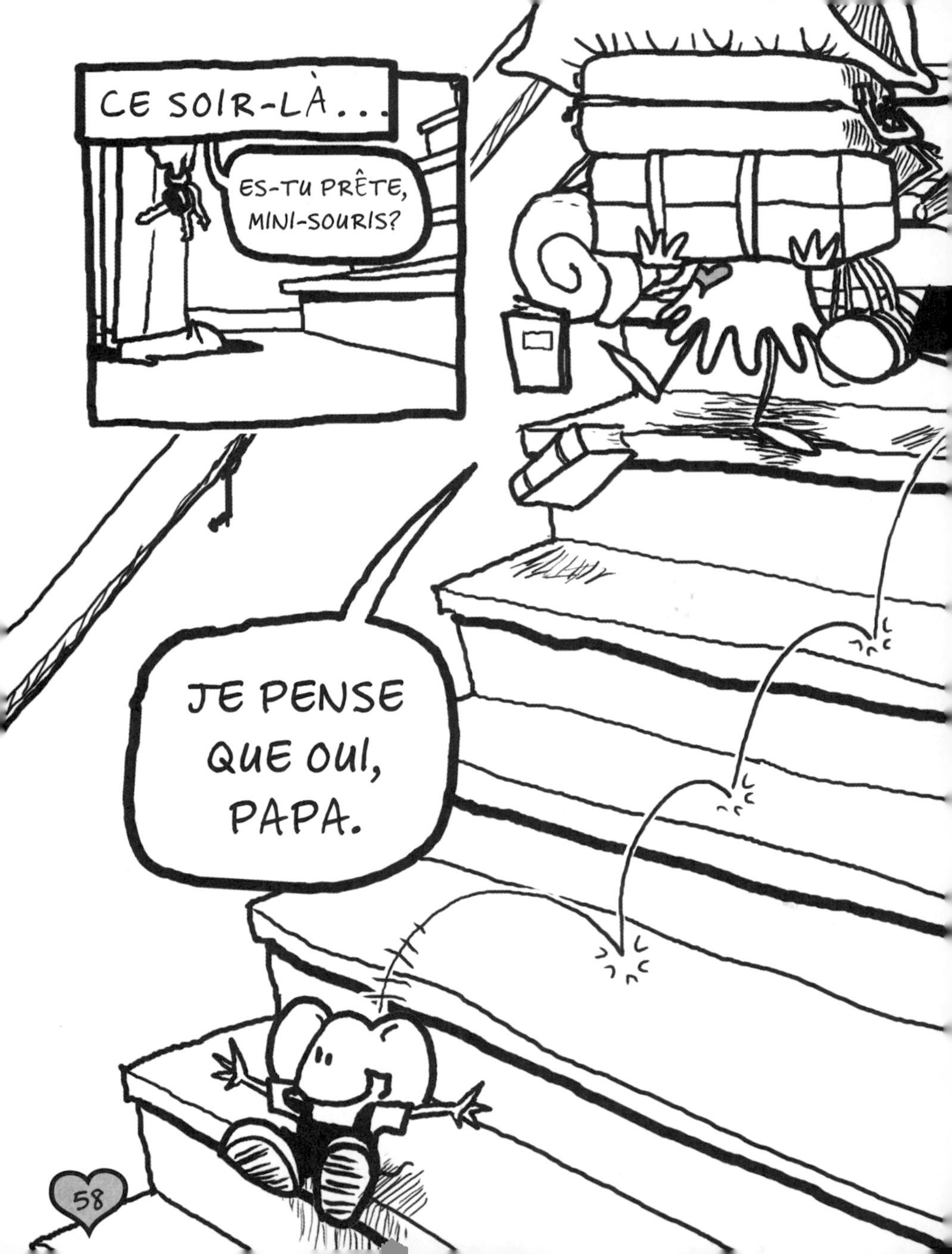
CE SOIR-LÀ...
ES-TU PRÊTE, MINI-SOURIS?
JE PENSE QUE OUI, PAPA.

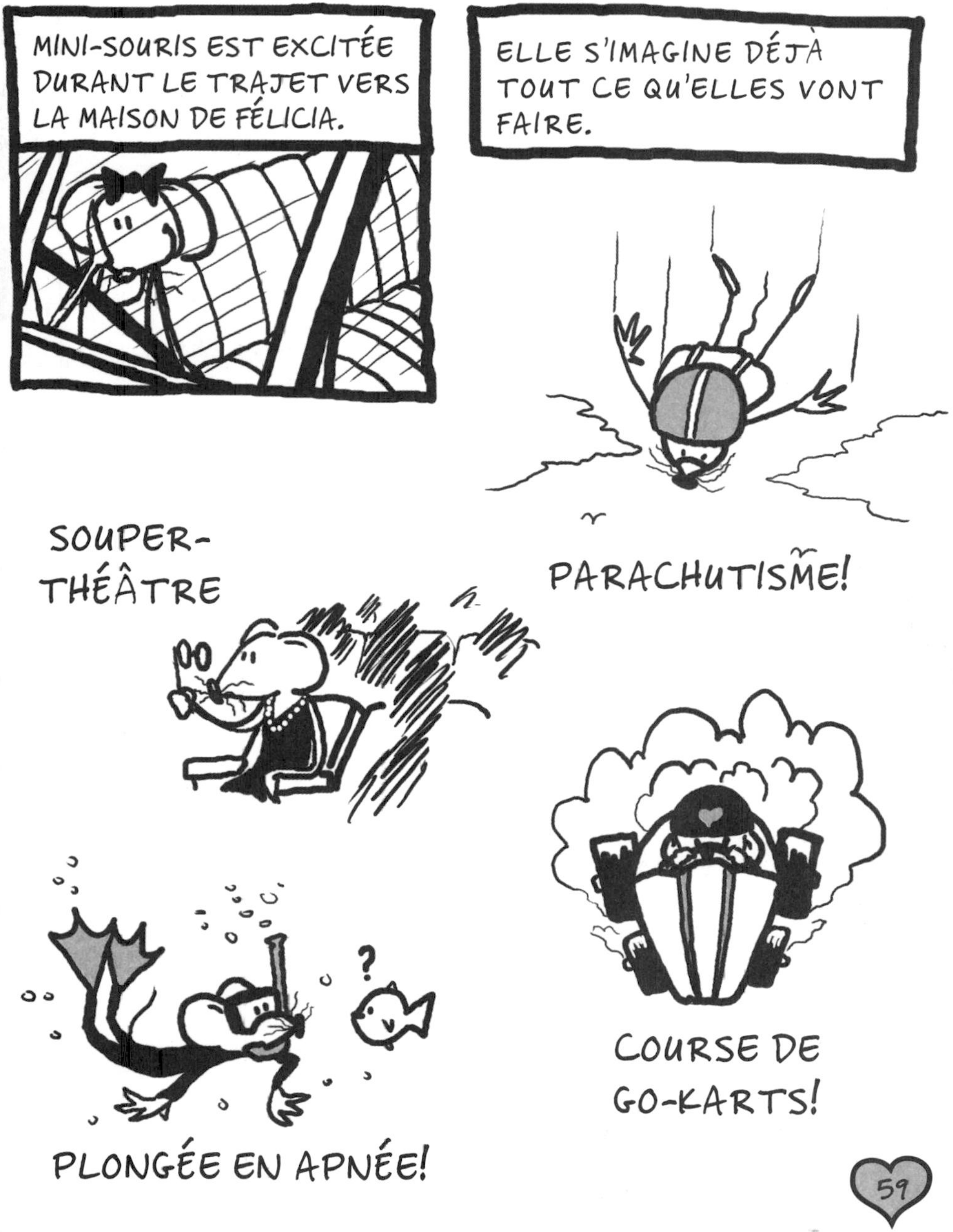
MINI-SOURIS EST EXCITÉE DURANT LE TRAJET VERS LA MAISON DE FÉLICIA.
ELLE S'IMAGINE DÉJÀ TOUT CE QU'ELLES VONT FAIRE.
PARACHUTISME!
SOUPER-THÉÂTRE
COURSE DE GO-KARTS!
PLONGÉE EN APNÉE!

J'AI HÂTE!

JE SUIS ICI! QUE LA FÊTE COMMENCE!

MAIS TOUT CE QUE LES AUTRES VEULENT FAIRE, C'EST PARLER.

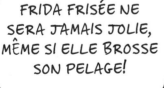

FRIDA FRISÉE NE SERA JAMAIS JOLIE, MÊME SI ELLE BROSSE SON PELAGE!

HA HA HA HA HA HA HA HA HA HA

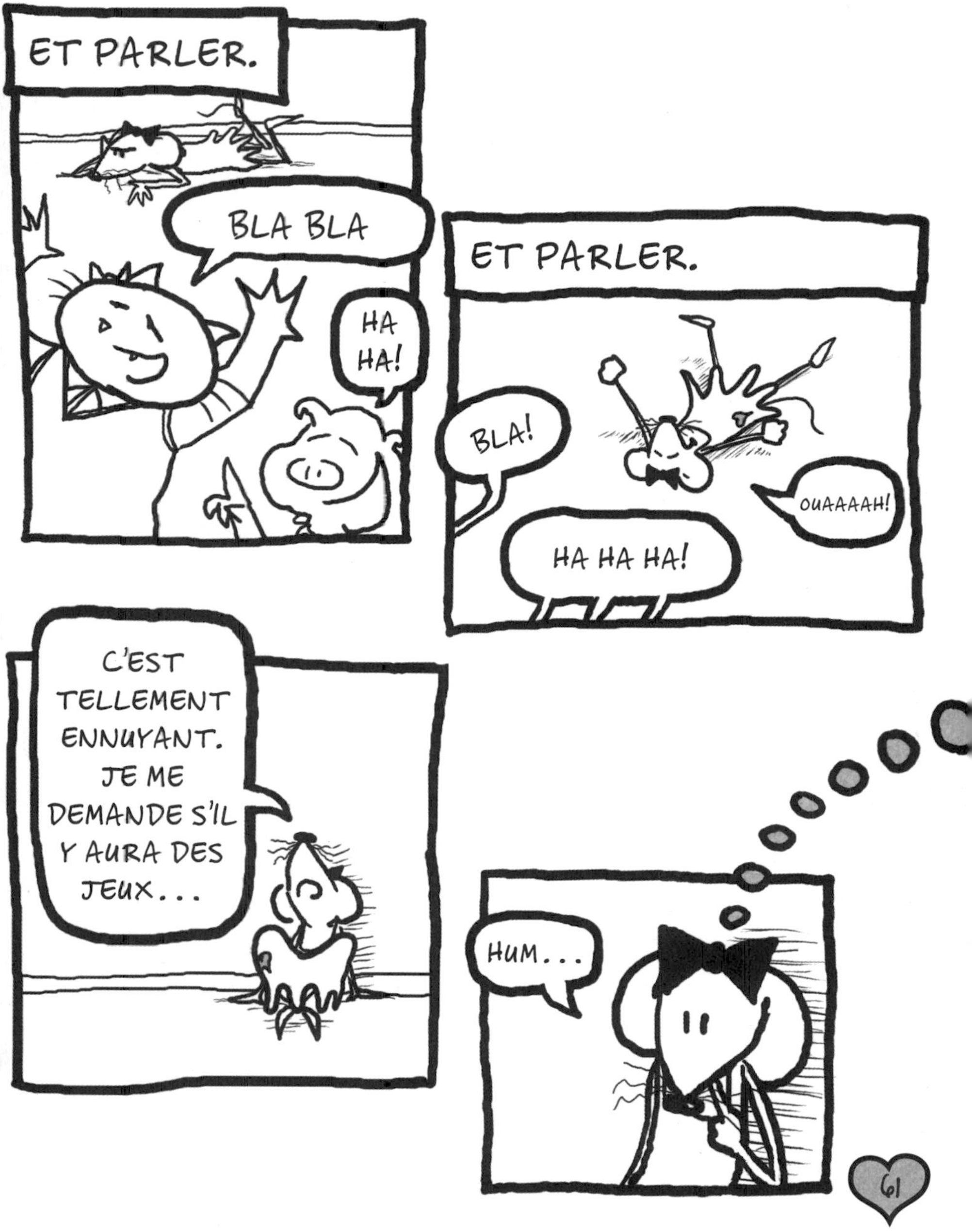
ET PARLER.
BLA BLA
HA HA!
ET PARLER.
BLA!
OUAAAAH!
HA HA HA!
C'EST TELLEMENT ENNUYANT. JE ME DEMANDE S'IL Y AURA DES JEUX...
HUM...

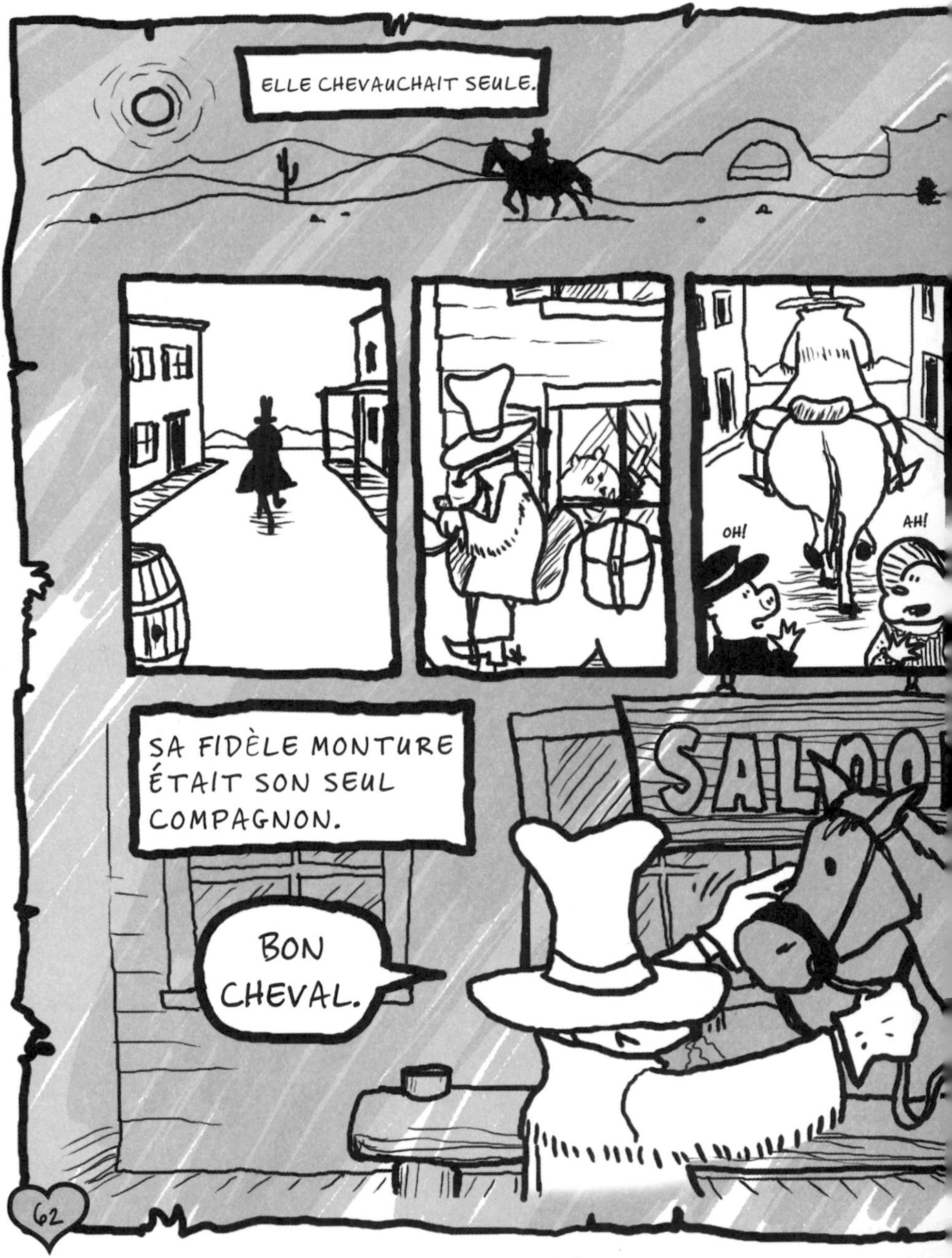
ELLE CHEVAUCHAIT SEULE.
OH!
AH!
SA FIDÈLE MONTURE ÉTAIT SON SEUL COMPAGNON.
SALOO
BON CHEVAL.

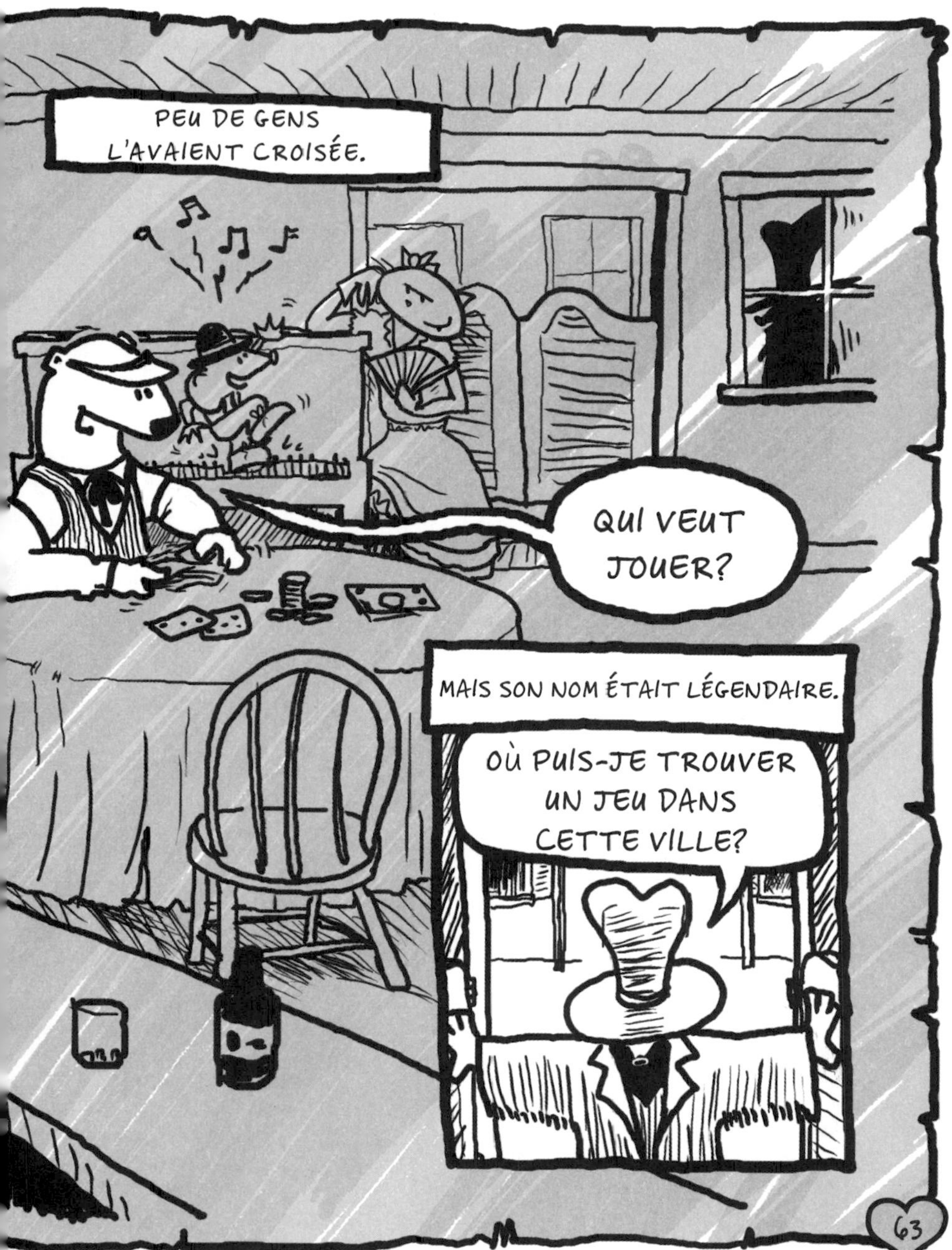
PEU DE GENS L'AVAIENT CROISÉE.
QUI VEUT JOUER?
MAIS SON NOM ÉTAIT LÉGENDAIRE.
OÙ PUIS-JE TROUVER UN JEU DANS CETTE VILLE?

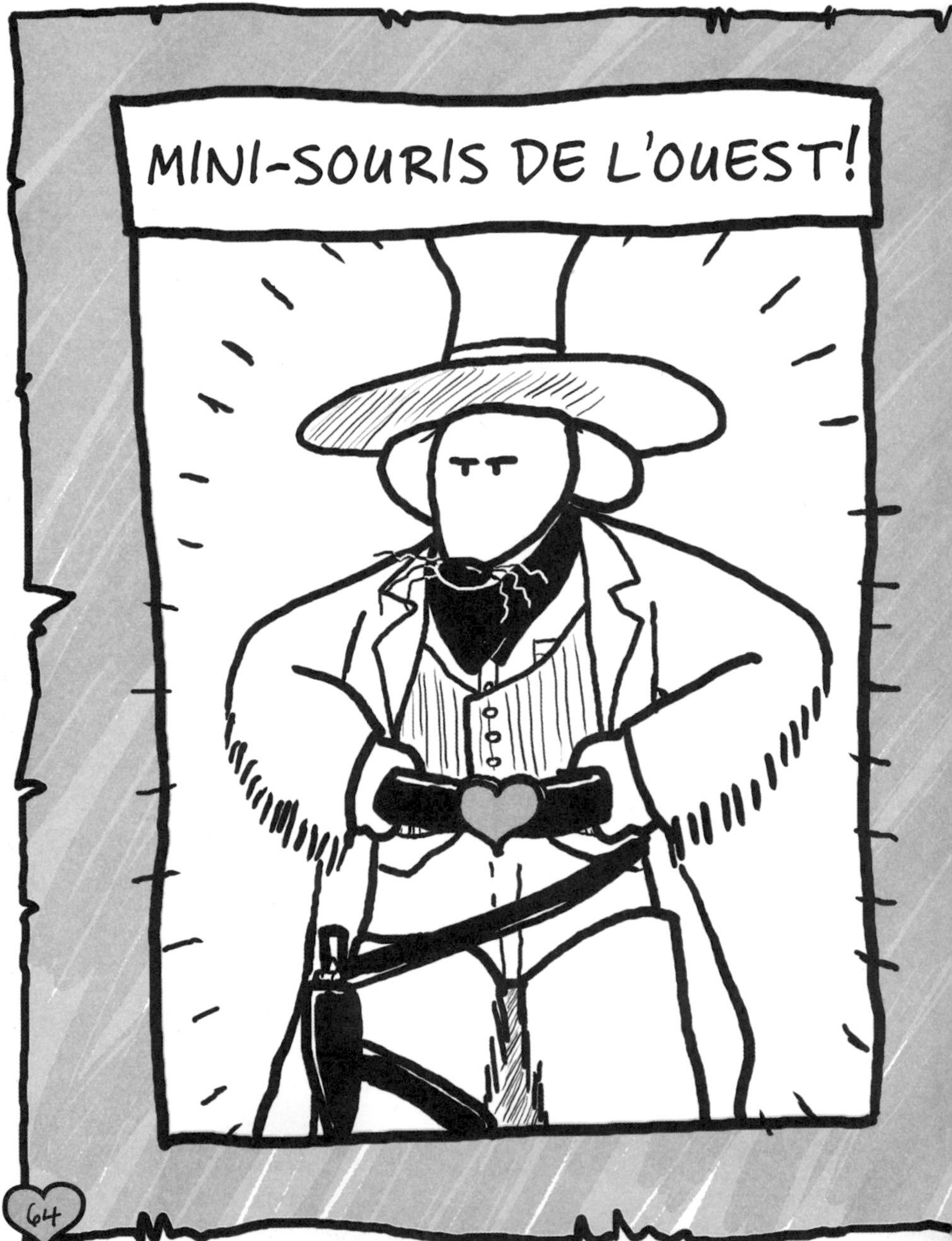
MINI-SOURIS DE L'OUEST!

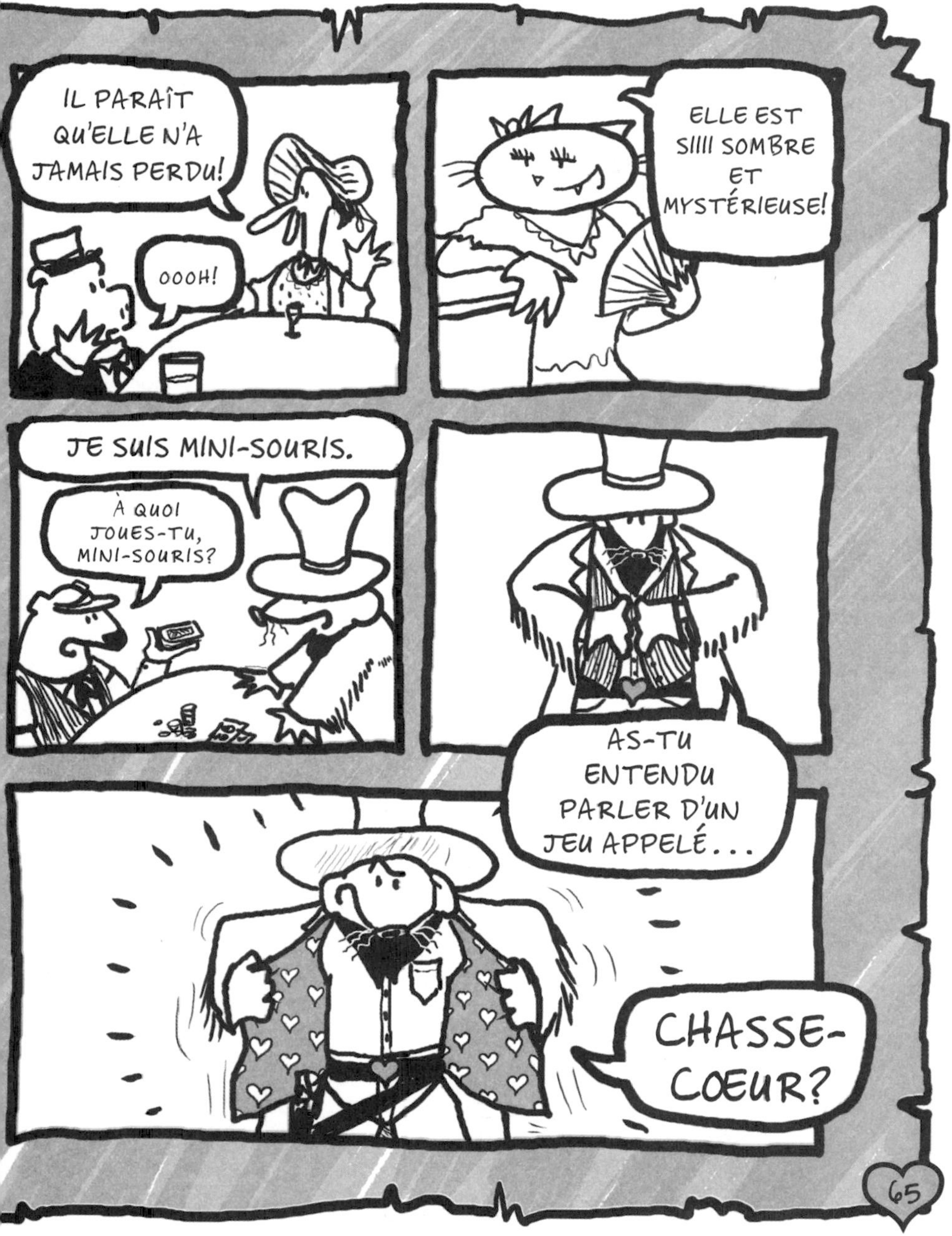
IL PARAÎT QU'ELLE N'A JAMAIS PERDU!
OOOH!
ELLE EST SIIII SOMBRE ET MYSTÉRIEUSE!
JE SUIS MINI-SOURIS.
À QUOI JOUES-TU, MINI-SOURIS?
AS-TU ENTENDU PARLER D'UN JEU APPELÉ...
CHASSE-COEUR?

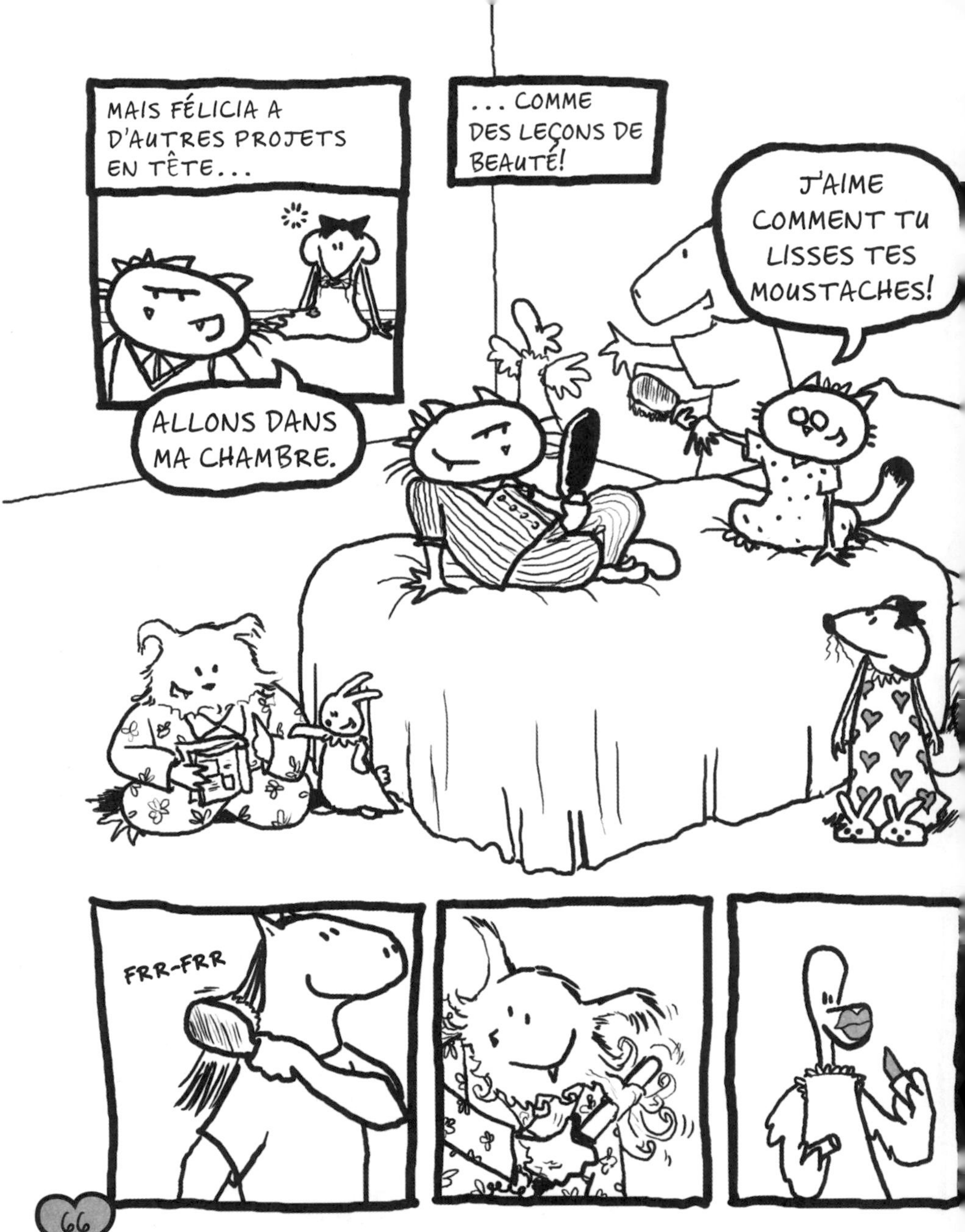
MAIS FÉLICIA A D'AUTRES PROJETS EN TÊTE...
ALLONS DANS MA CHAMBRE.
... COMME DES LEÇONS DE BEAUTÉ!
J'AIME COMMENT TU LISSES TES MOUSTACHES!
FRR-FRR

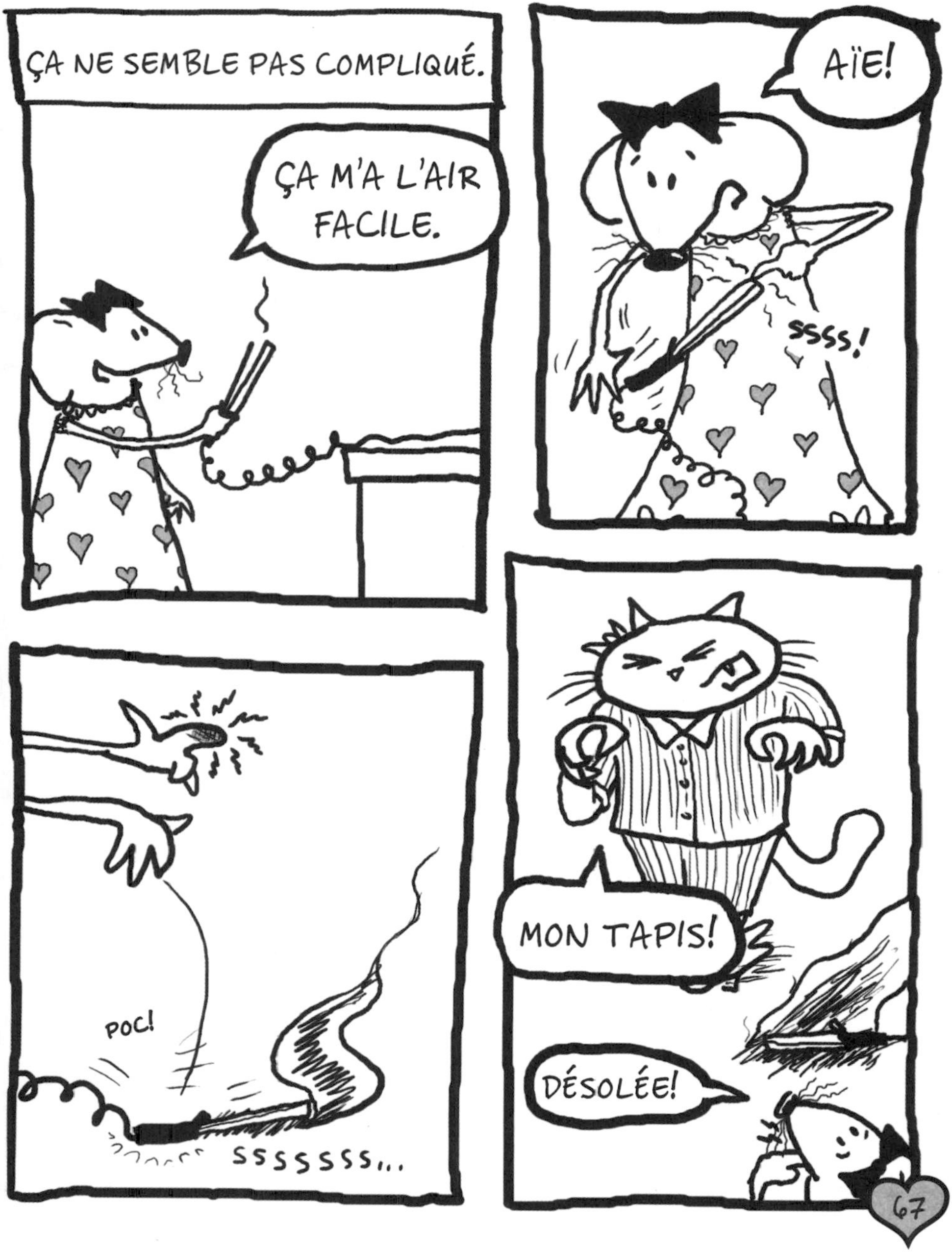
ÇA NE SEMBLE PAS COMPLIQUÉ.
ÇA M'A L'AIR FACILE.
AÏE!
SSSS!
POC!
SSSSSSS...
MON TAPIS!
DÉSOLÉE!

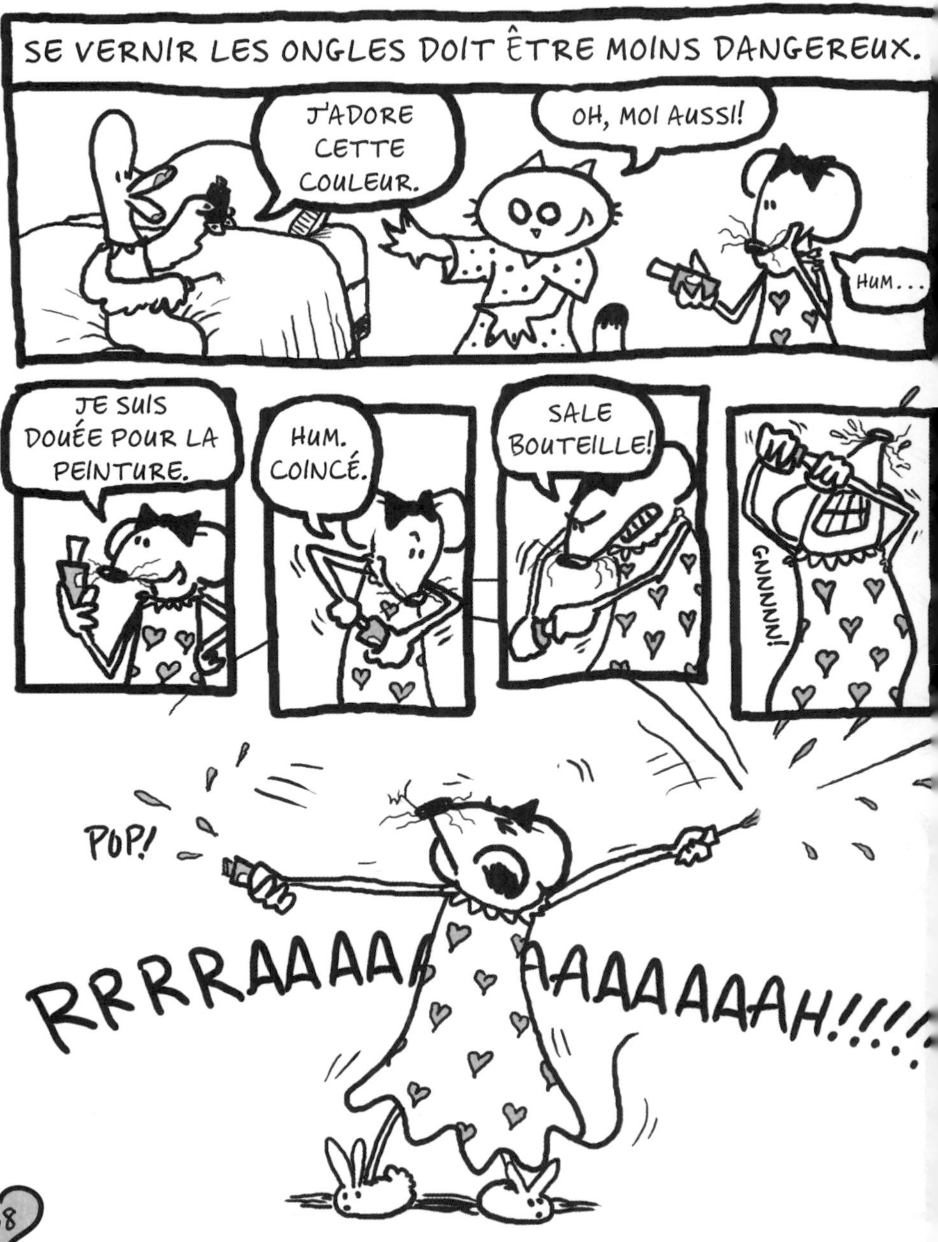
SE VERNIR LES ONGLES DOIT ÊTRE MOINS DANGEREUX.
J'ADORE CETTE COULEUR.
OH, MOI AUSSI!
HUM...
JE SUIS DOUÉE POUR LA PEINTURE.
HUM. COINCÉ.
SALE BOUTEILLE!
GNNNNN!
POP!
RRRRAAAAAAAAAAAAAH!!!!!

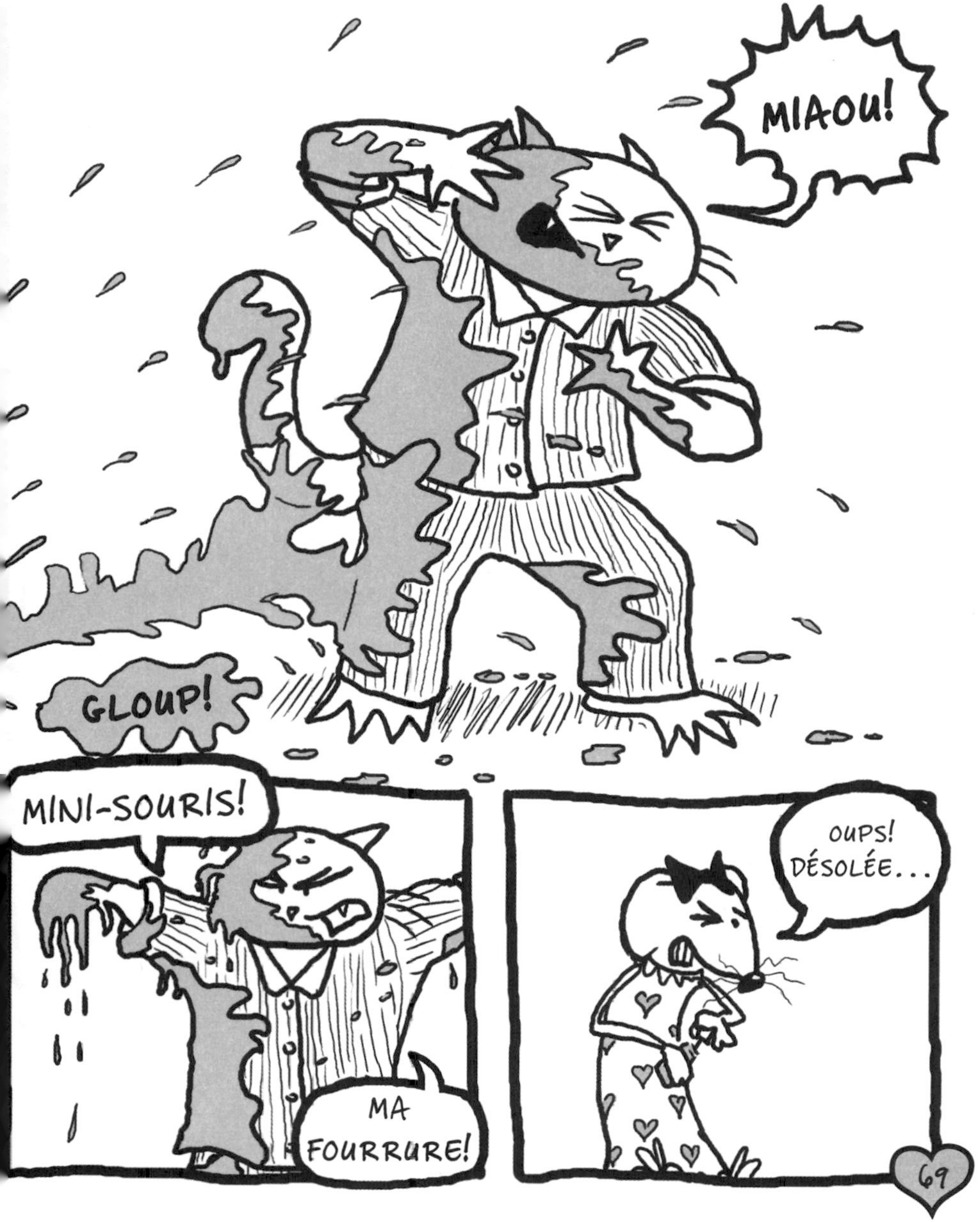
MIAOU!
GLOUP!
MINI-SOURIS!
MA FOURRURE!
OUPS! DÉSOLÉE...

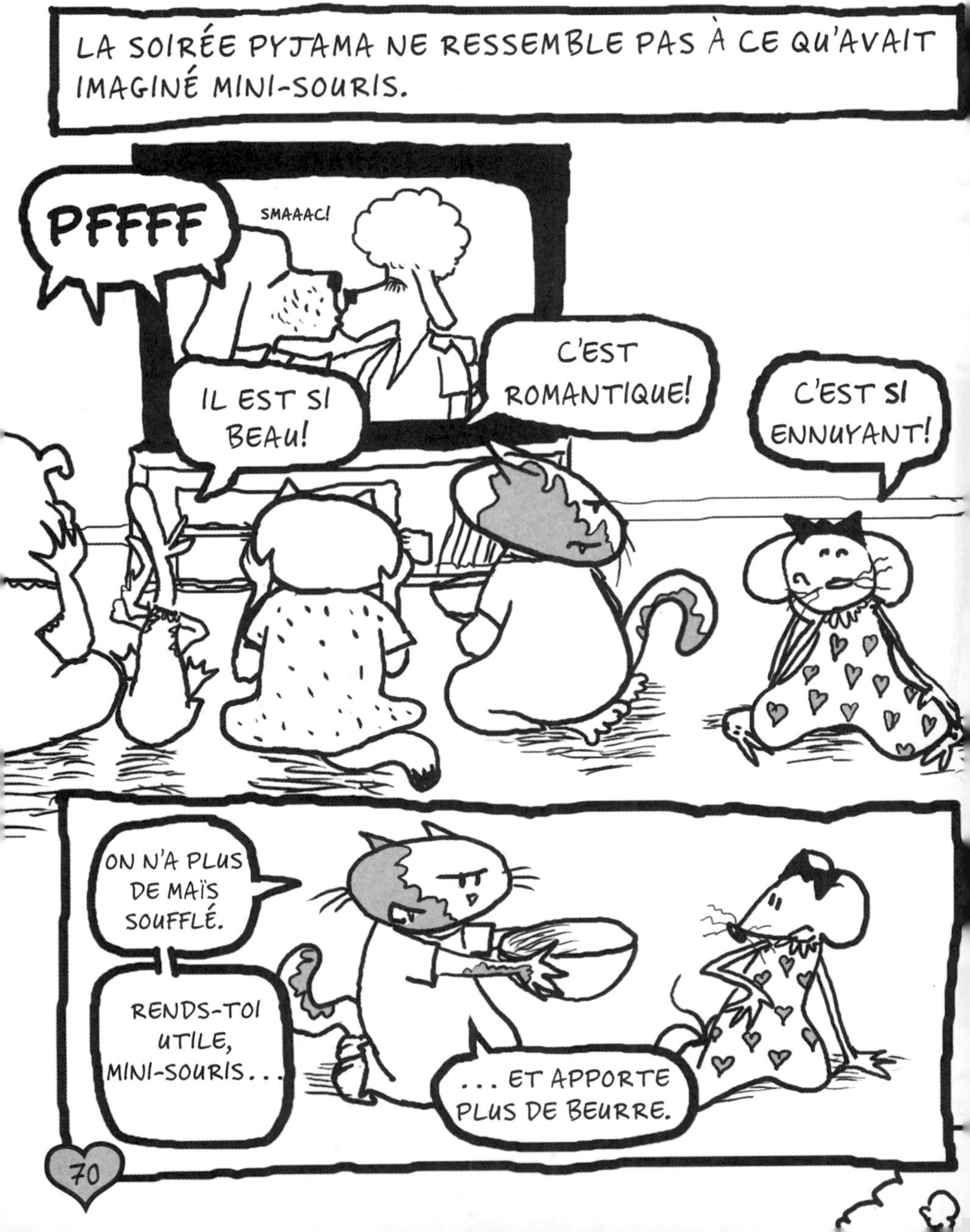
LA SOIRÉE PYJAMA NE RESSEMBLE PAS À CE QU'AVAIT IMAGINÉ MINI-SOURIS.
PFFFF
SMAAAC!
IL EST SI BEAU!
C'EST ROMANTIQUE!
C'EST SI ENNUYANT!
ON N'A PLUS DE MAÏS SOUFFLÉ.
RENDS-TOI UTILE, MINI-SOURIS...
... ET APPORTE PLUS DE BEURRE.

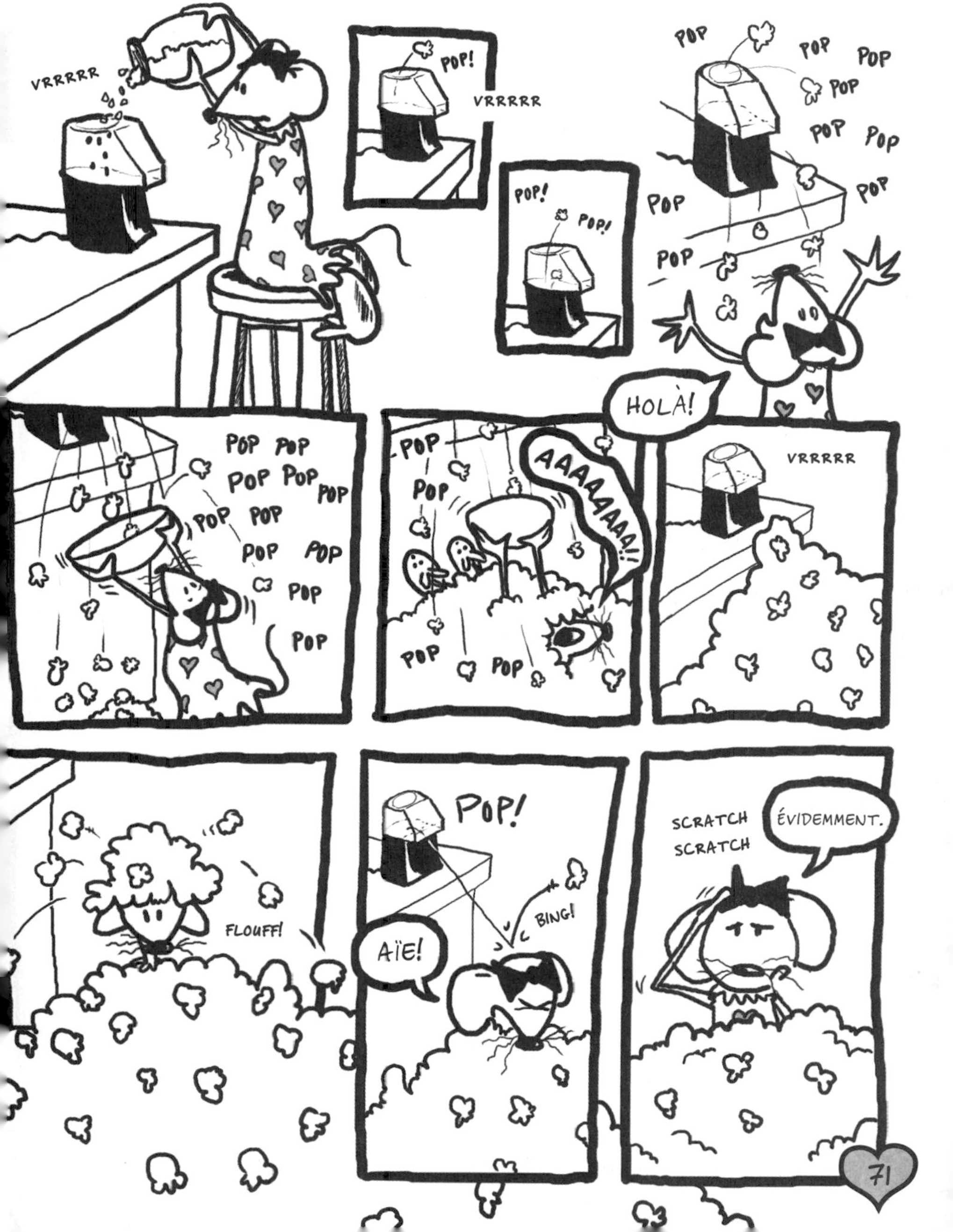

VRRRRR
POP!
VRRRRR
POP!
POP!
POP
POP
POP
POP
POP
POP
POP
POP
POP
POP POP
POP POP POP
POP POP
POP POP
POP
POP
POP
POP
AAAAAAAAA!!
POP
POP
HOLÀ!
VRRRRR
FLOUFF!
POP!
BING!
AÏE!
SCRATCH
SCRATCH
ÉVIDEMMENT.

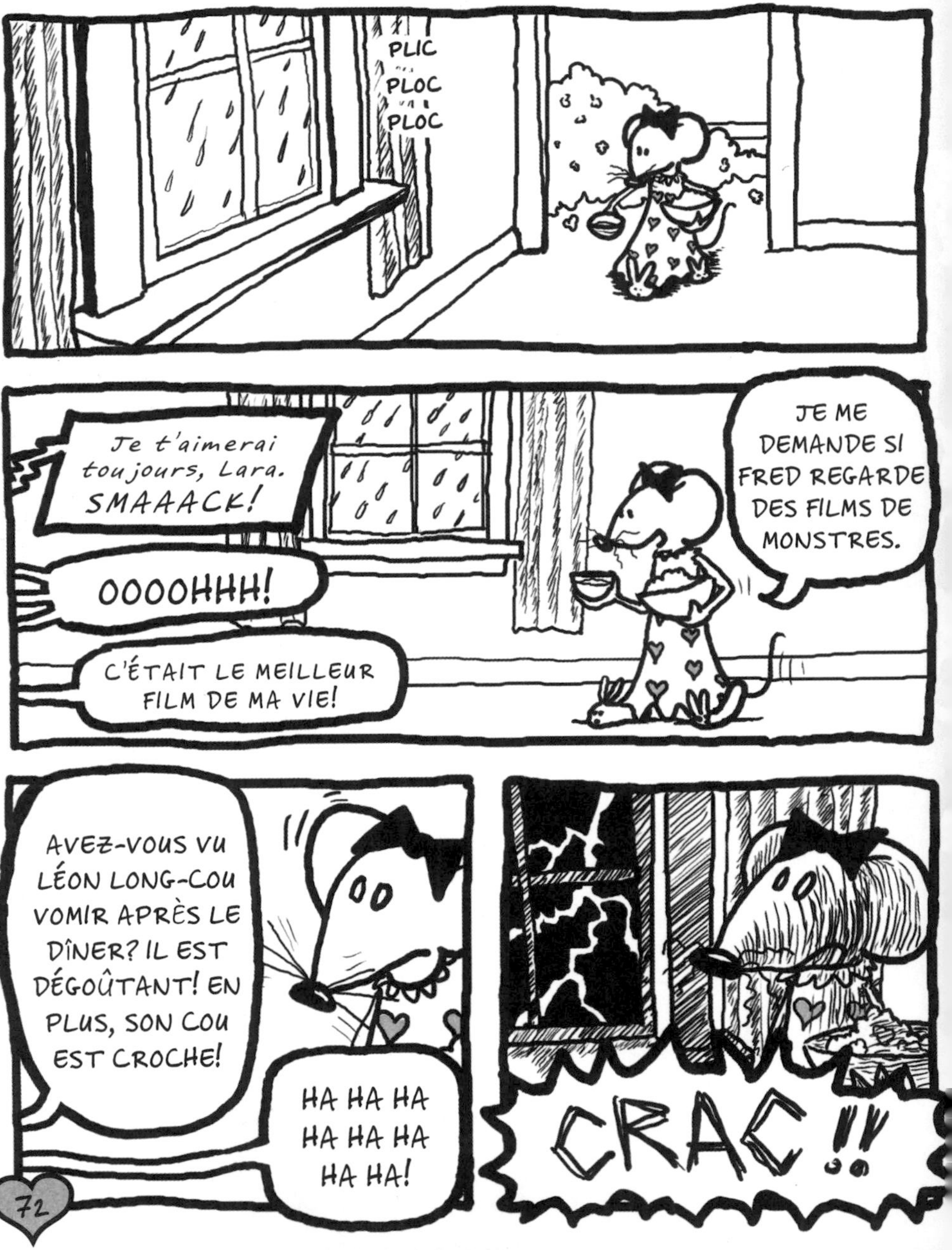
PLIC
PLOC
PLOC
Je t'aimerai toujours, Lara. SMAAACK!
OOOOHHH!
C'ÉTAIT LE MEILLEUR FILM DE MA VIE!
JE ME DEMANDE SI FRED REGARDE DES FILMS DE MONSTRES.
AVEZ-VOUS VU LÉON LONG-COU VOMIR APRÈS LE DÎNER? IL EST DÉGOÛTANT! EN PLUS, SON COU EST CROCHE!
HA HA HA HA HA HA HA HA!
CRAC!!

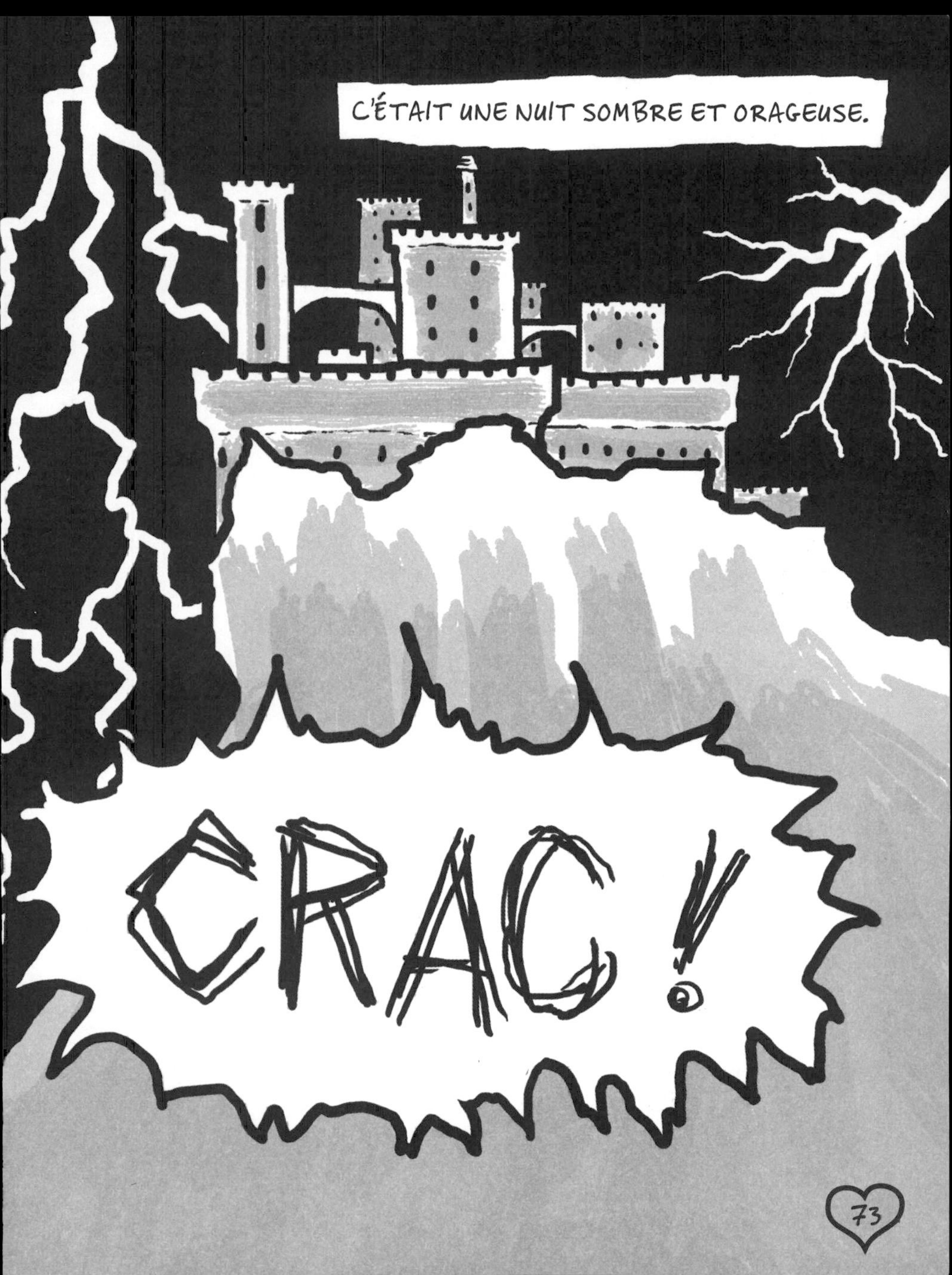
C'ÉTAIT UNE NUIT SOMBRE ET ORAGEUSE.
CRAC !

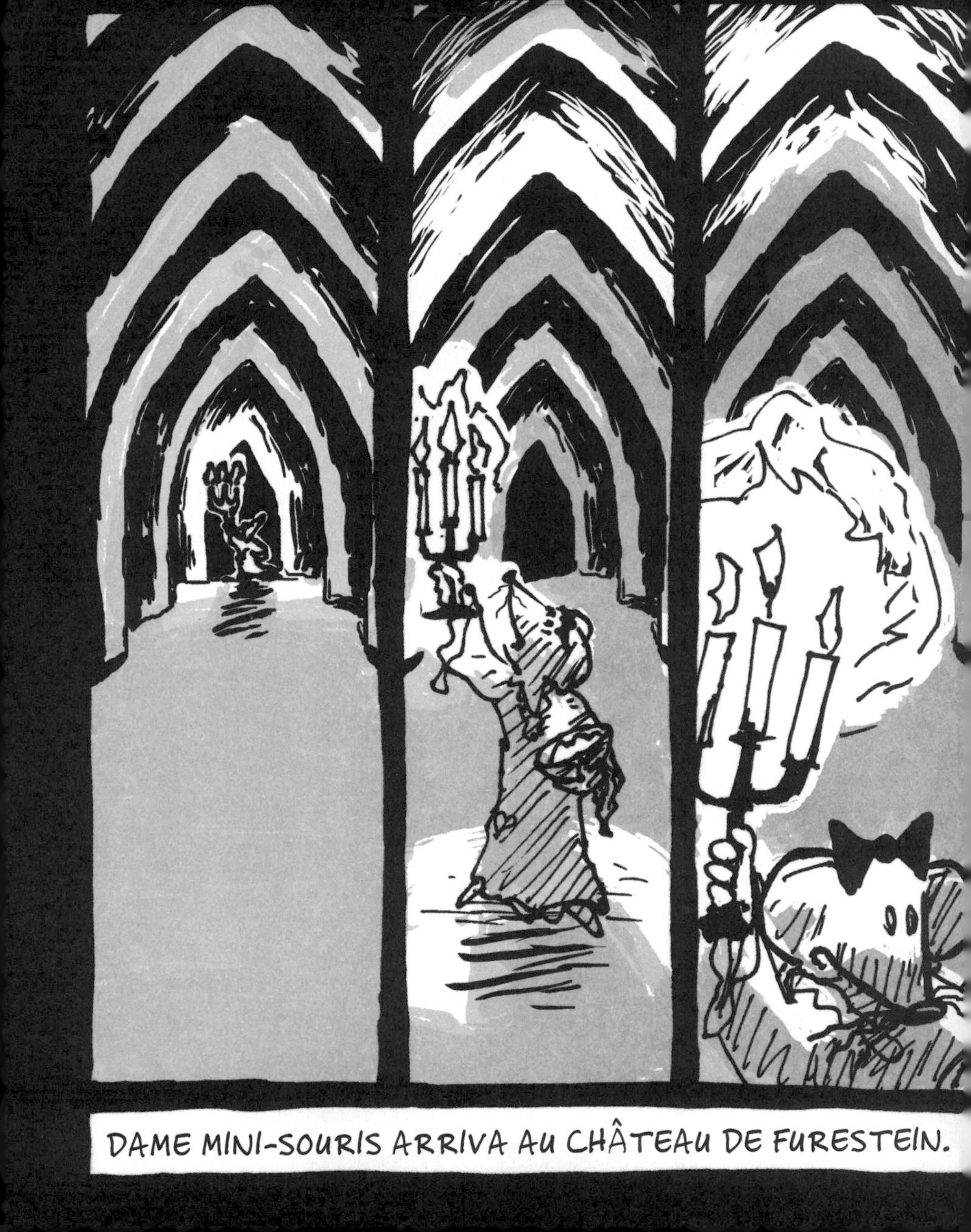
DAME MINI-SOURIS ARRIVA AU CHÂTEAU DE FURESTEIN.

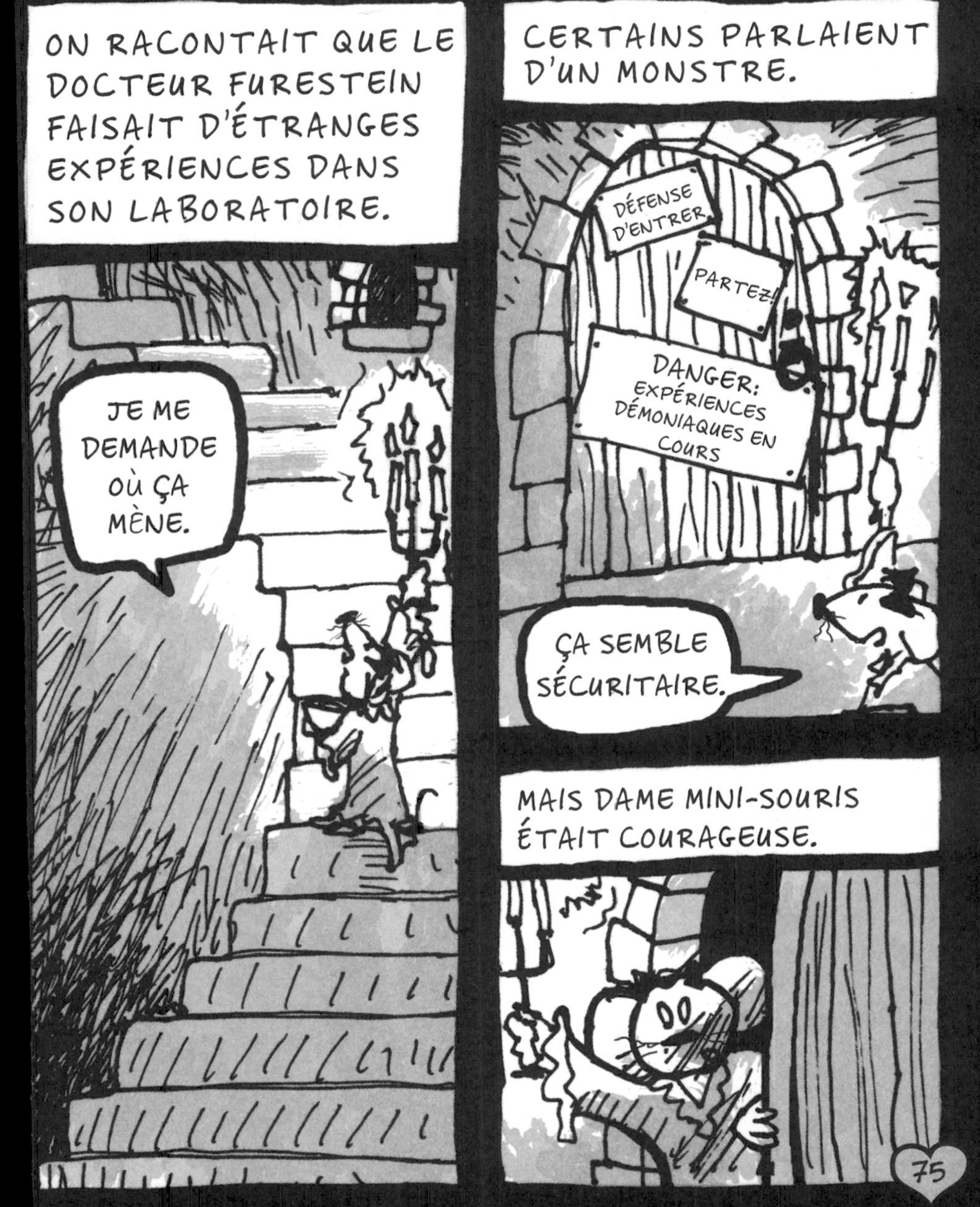
ON RACONTAIT QUE LE DOCTEUR FURESTEIN FAISAIT D'ÉTRANGES EXPÉRIENCES DANS SON LABORATOIRE.
JE ME DEMANDE OÙ ÇA MÈNE.
CERTAINS PARLAIENT D'UN MONSTRE.
DÉFENSE D'ENTRER
PARTEZ!
DANGER: EXPÉRIENCES DÉMONIAQUES EN COURS
ÇA SEMBLE SÉCURITAIRE.
MAIS DAME MINI-SOURIS ÉTAIT COURAGEUSE.

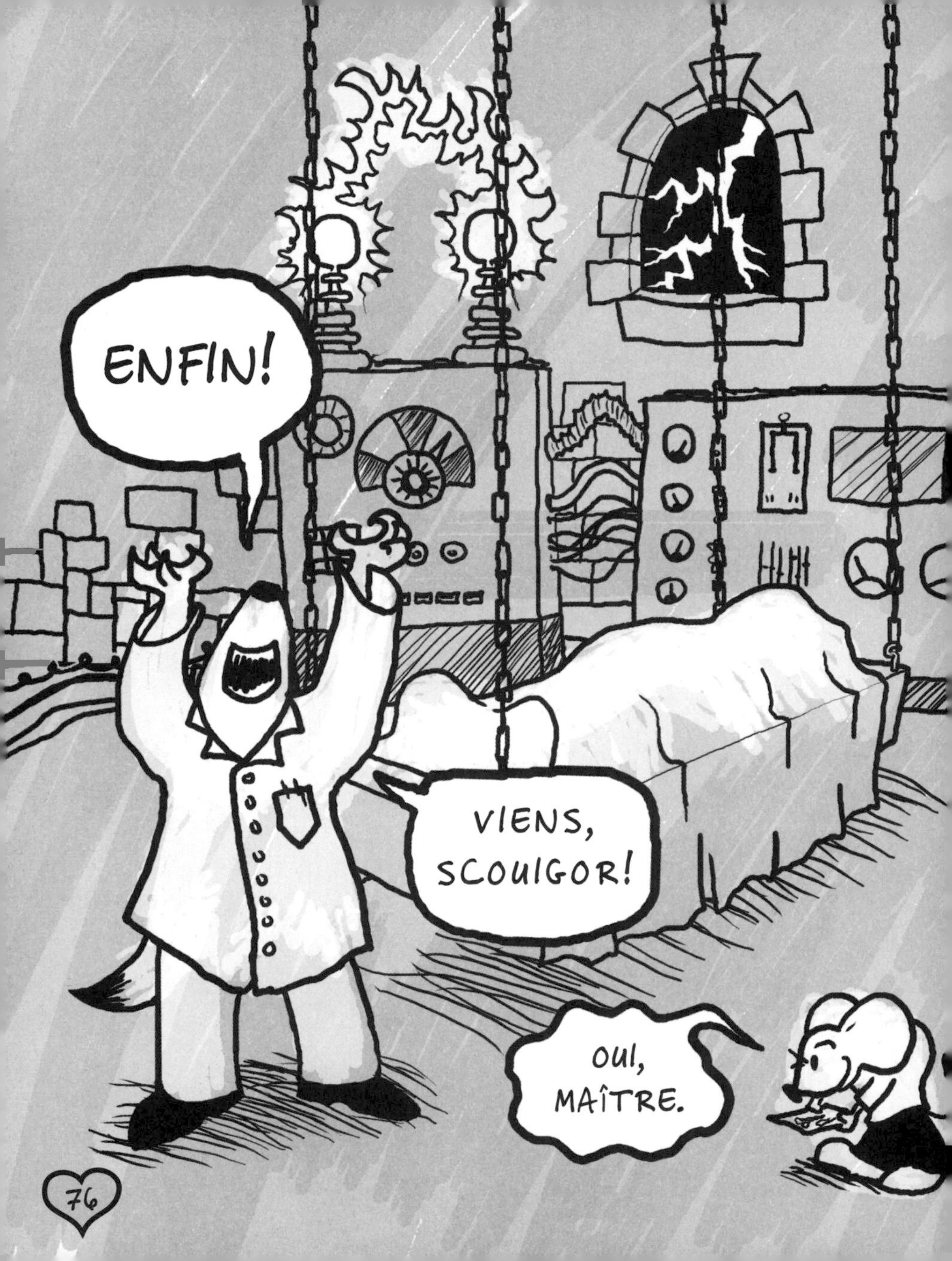
ENFIN!
VIENS, SCOUIGOR!
OUI, MAÎTRE.

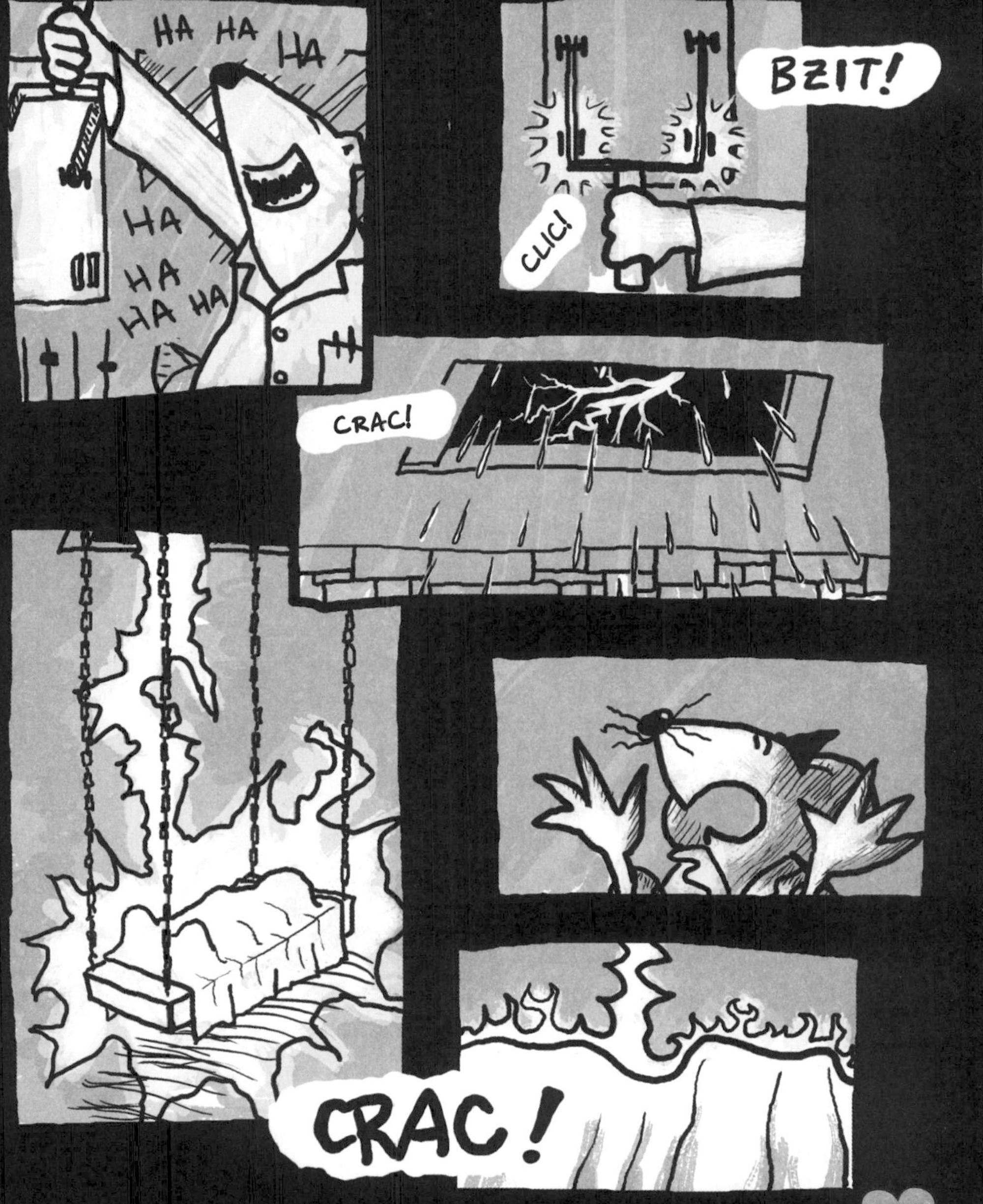
HA HA HA
HA HA HA HA
BZIT!
CLIC!
CRAC!
CRAC!

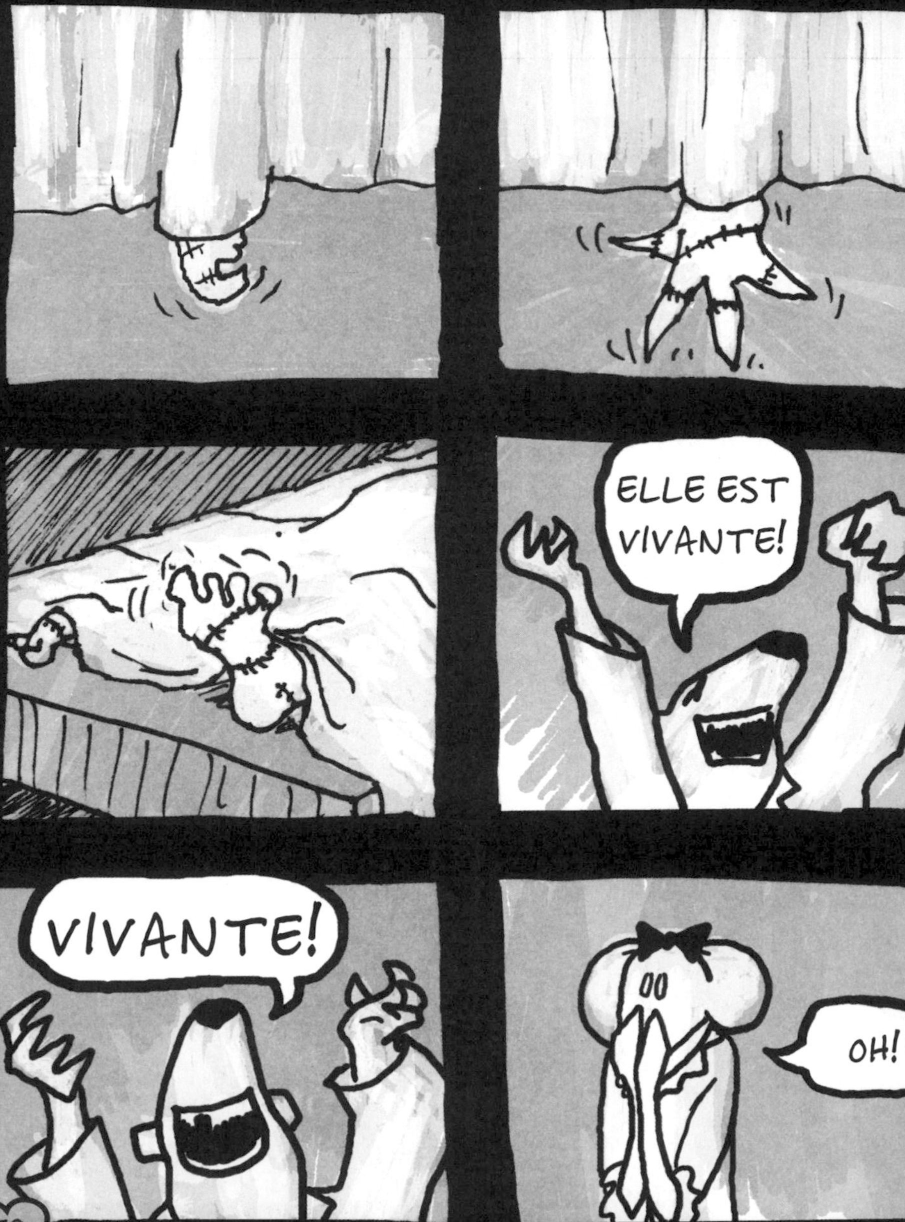
ELLE EST VIVANTE!
VIVANTE!
OH!

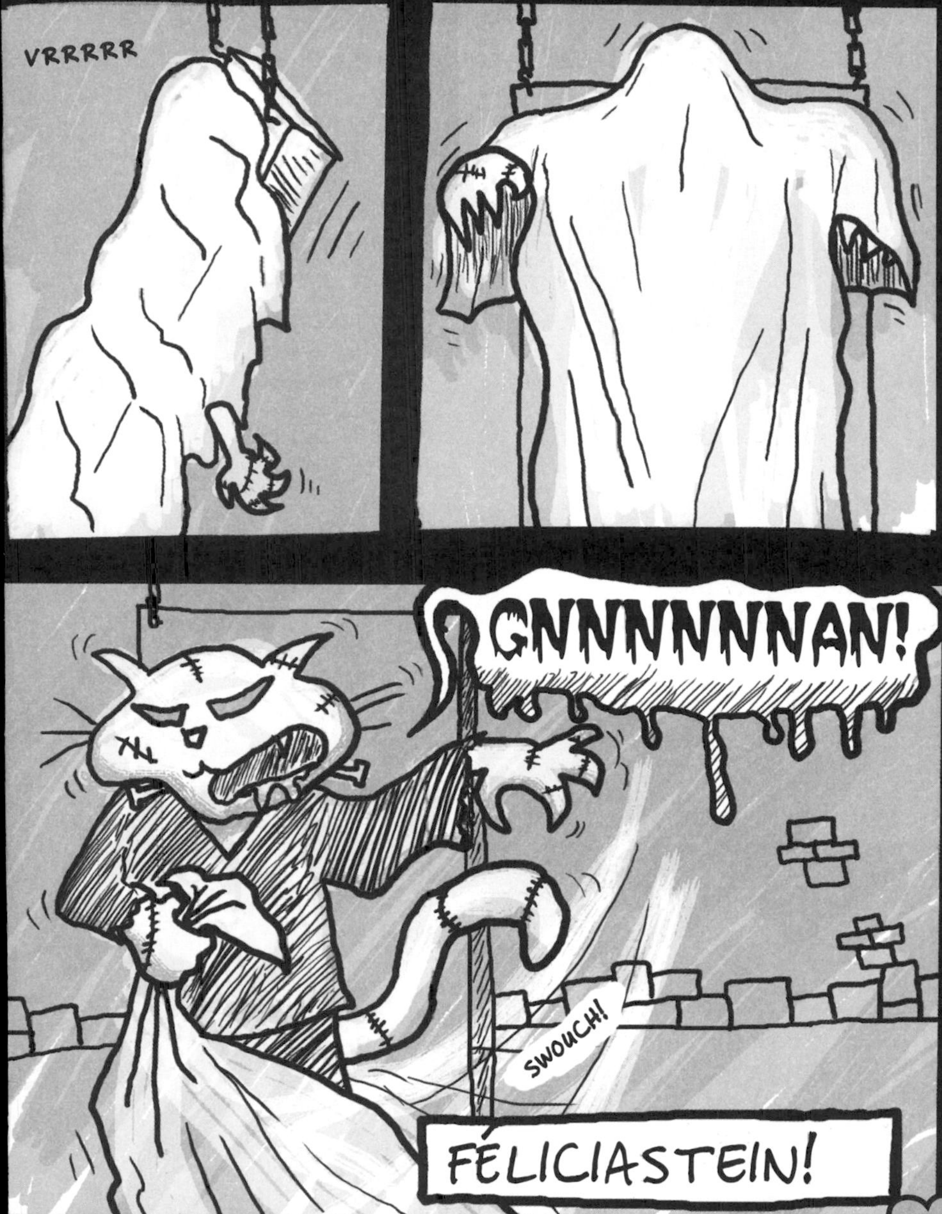
VRRRRR
GNNNNNNAN!
SWOUCH!
FÉLICIASTEIN!

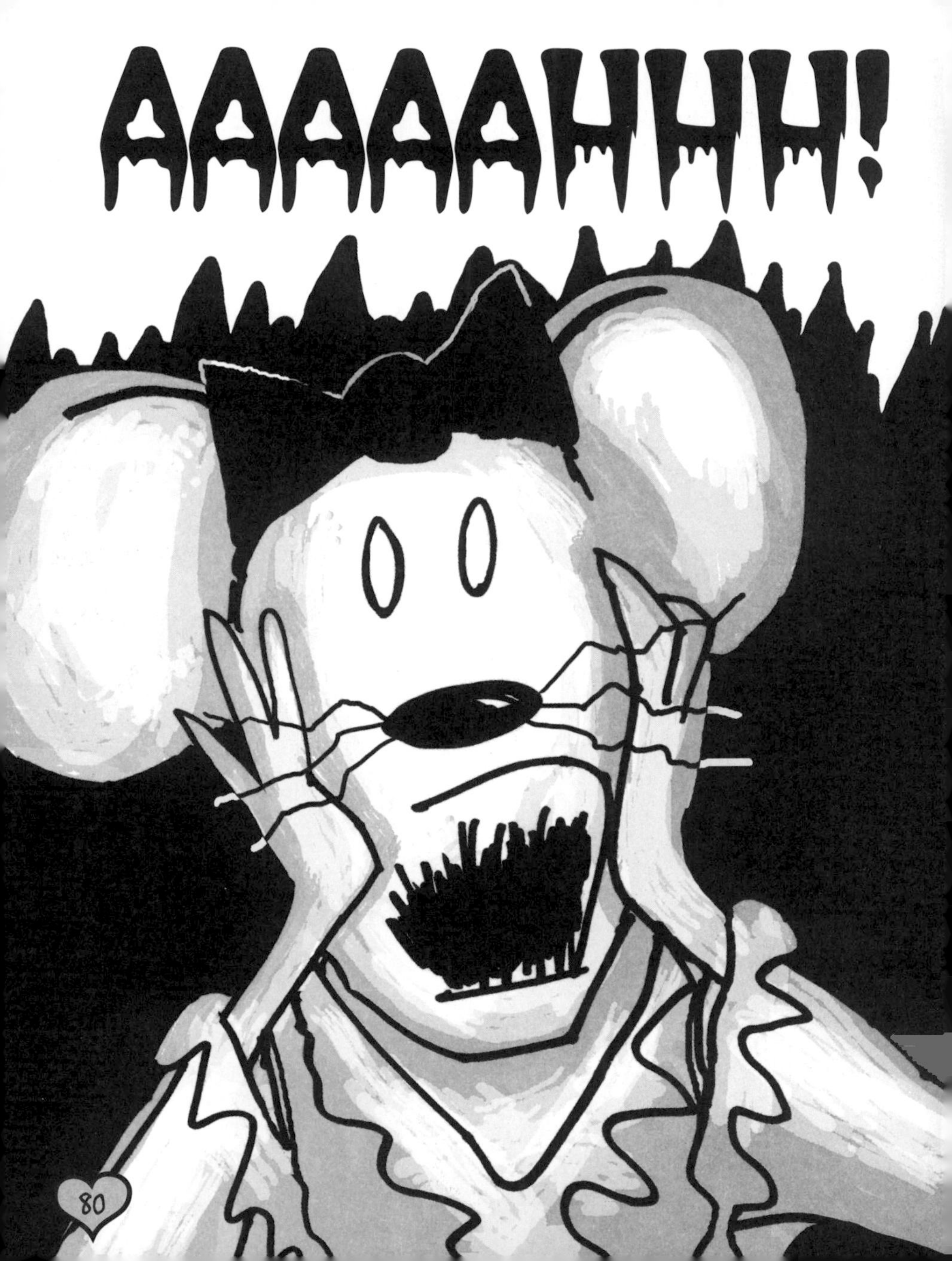
AAAAAAHHHH!

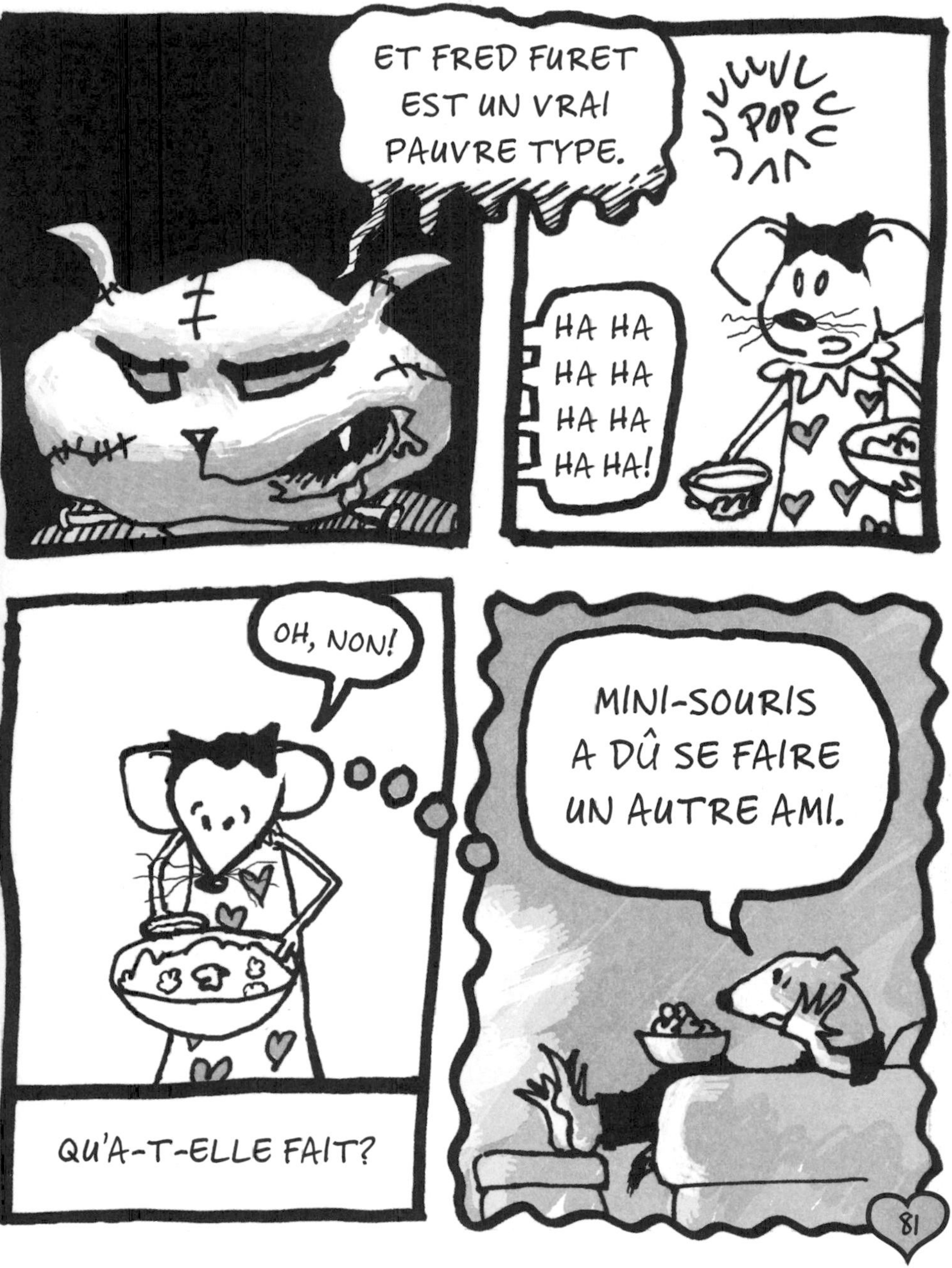
ET FRED FURET EST UN VRAI PAUVRE TYPE.
POP
HA HA HA HA HA HA HA HA!
OH, NON!
QU'A-T-ELLE FAIT?
MINI-SOURIS A DÛ SE FAIRE UN AUTRE AMI.

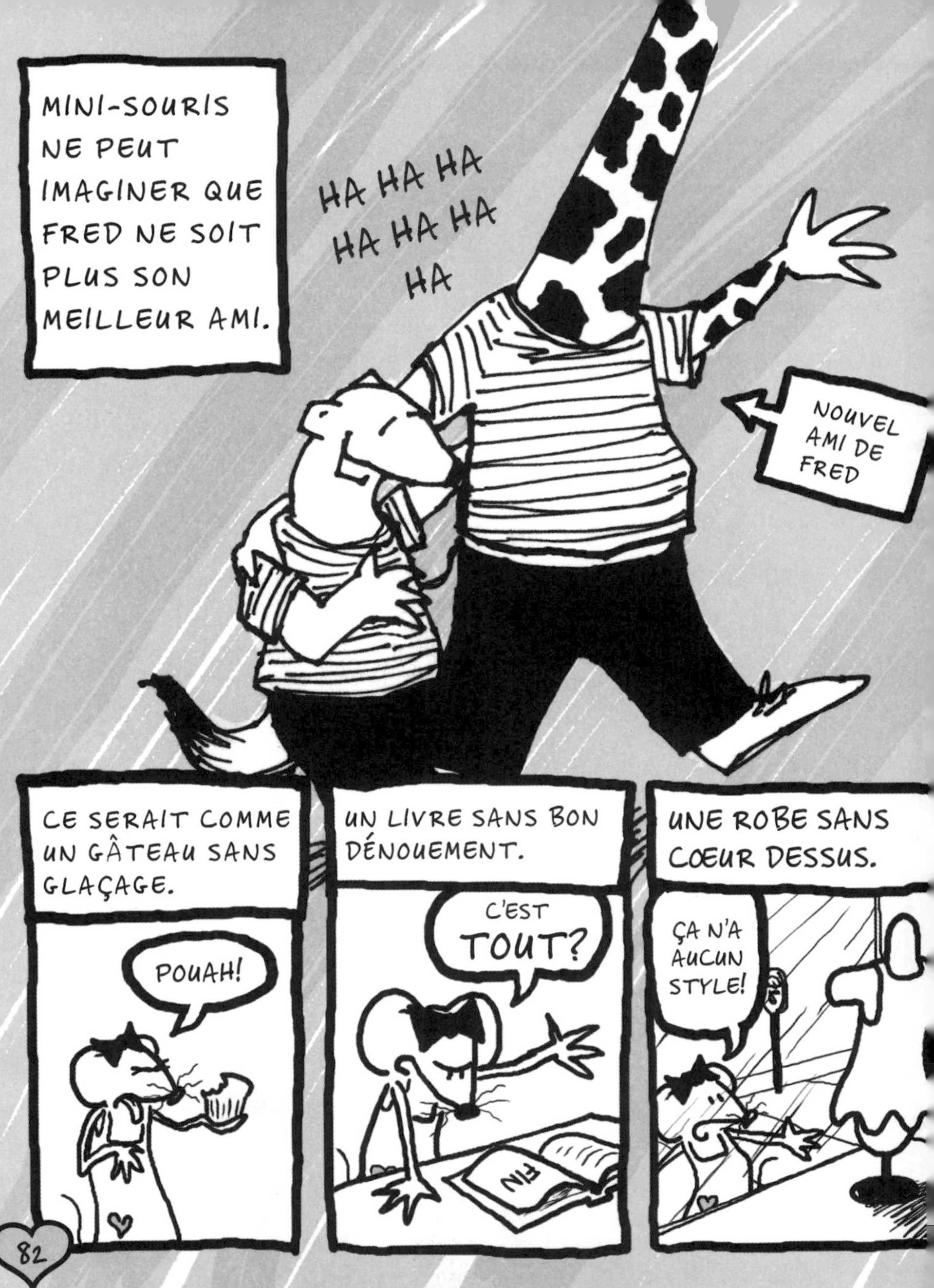
MINI-SOURIS NE PEUT IMAGINER QUE FRED NE SOIT PLUS SON MEILLEUR AMI.
HA HA HA HA HA HA HA
NOUVEL AMI DE FRED
CE SERAIT COMME UN GÂTEAU SANS GLAÇAGE.
POUAH!
UN LIVRE SANS BON DÉNOUEMENT.
C'EST TOUT?
FIN
UNE ROBE SANS COEUR DESSUS.
ÇA N'A AUCUN STYLE!

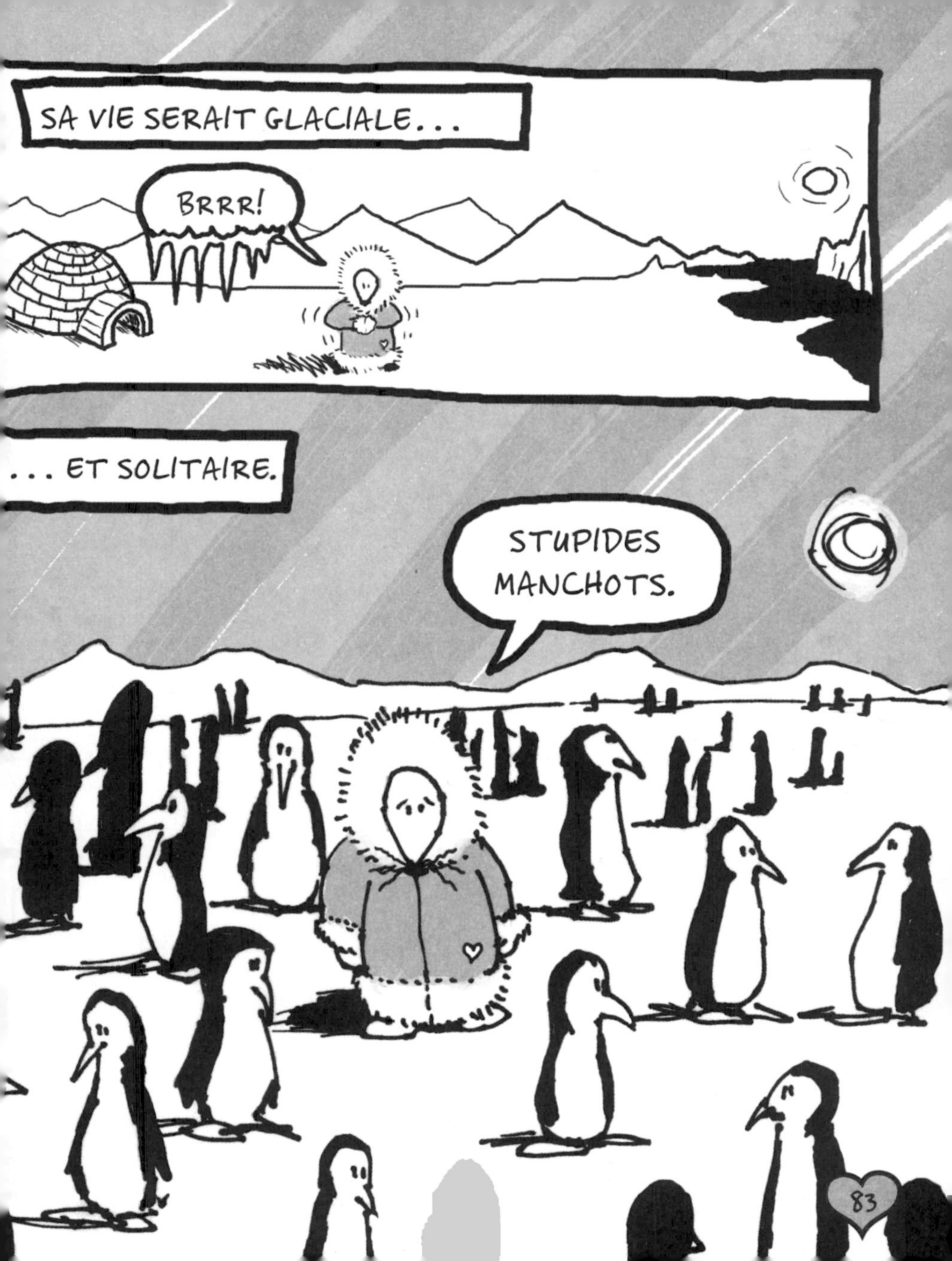

SA VIE SERAIT GLACIALE...
BRRR!
... ET SOLITAIRE.
STUPIDES MANCHOTS.

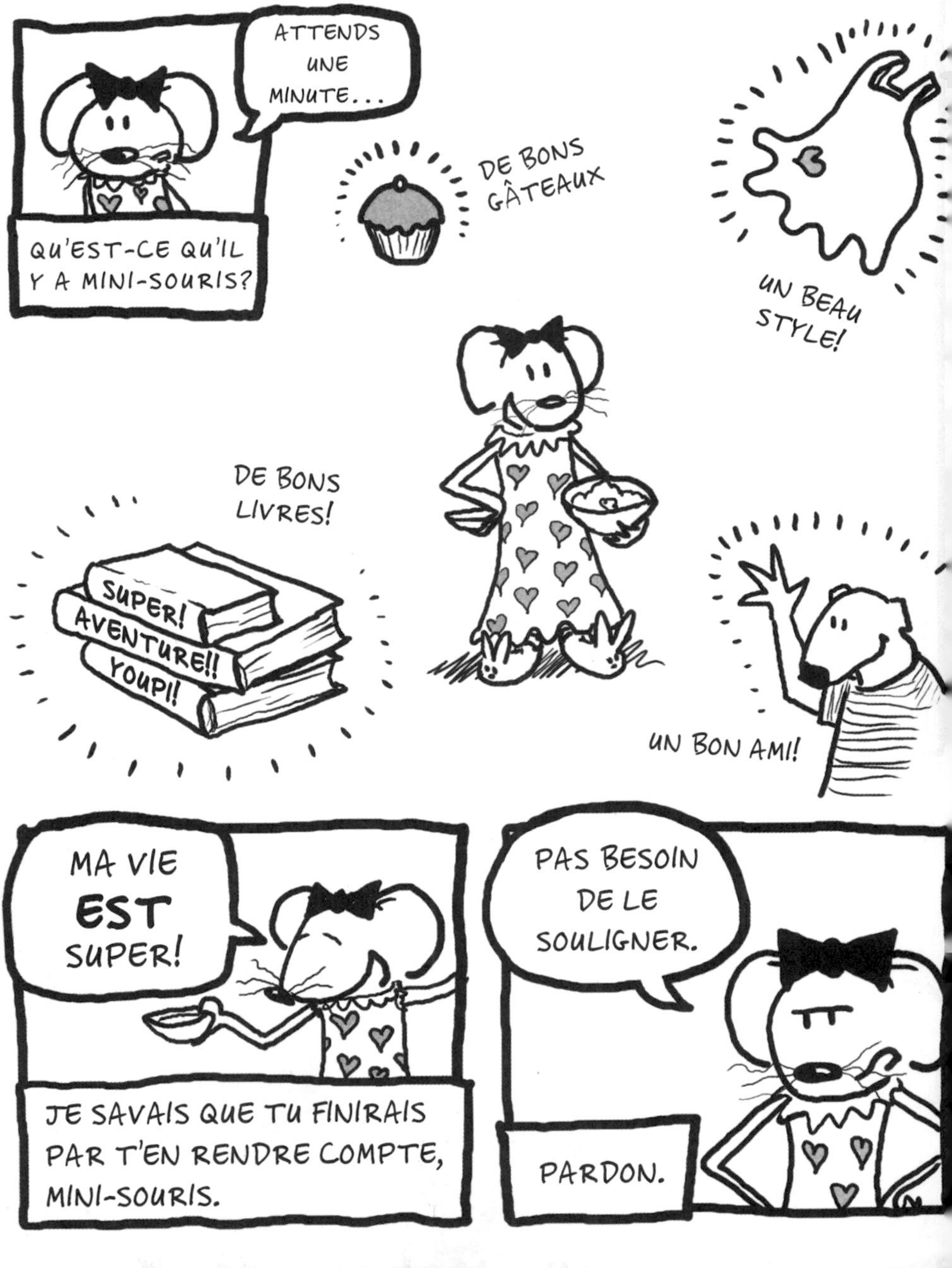

ATTENDS UNE MINUTE...
QU'EST-CE QU'IL Y A MINI-SOURIS?
DE BONS GÂTEAUX
UN BEAU STYLE!
DE BONS LIVRES!
SUPER!
AVENTURE!!
YOUPI!!
UN BON AMI!
MA VIE **EST** SUPER!
JE SAVAIS QUE TU FINIRAIS PAR T'EN RENDRE COMPTE, MINI-SOURIS.
PAS BESOIN DE LE SOULIGNER.
PARDON.

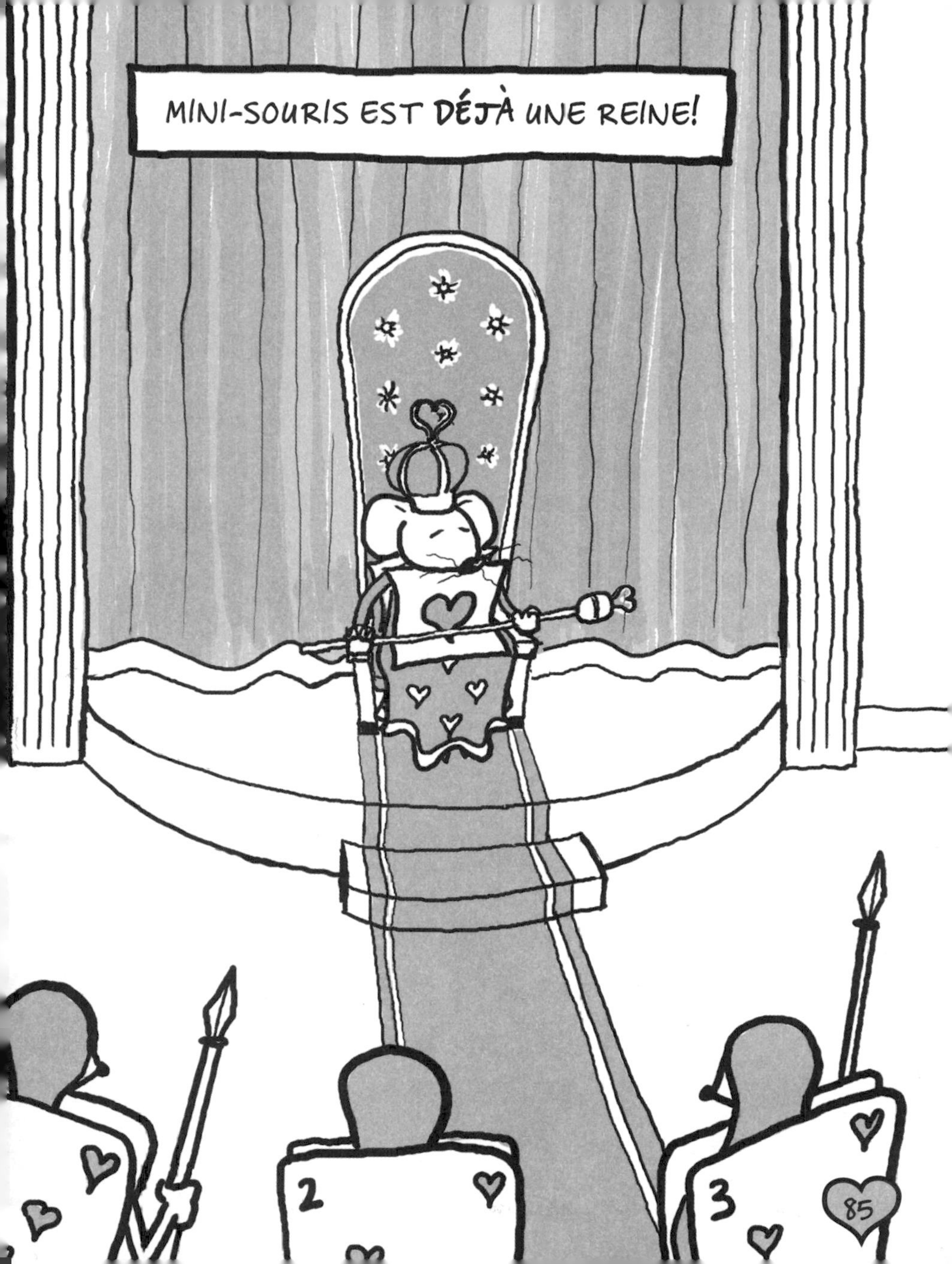
MINI-SOURIS EST DÉJÀ UNE REINE!
2
3

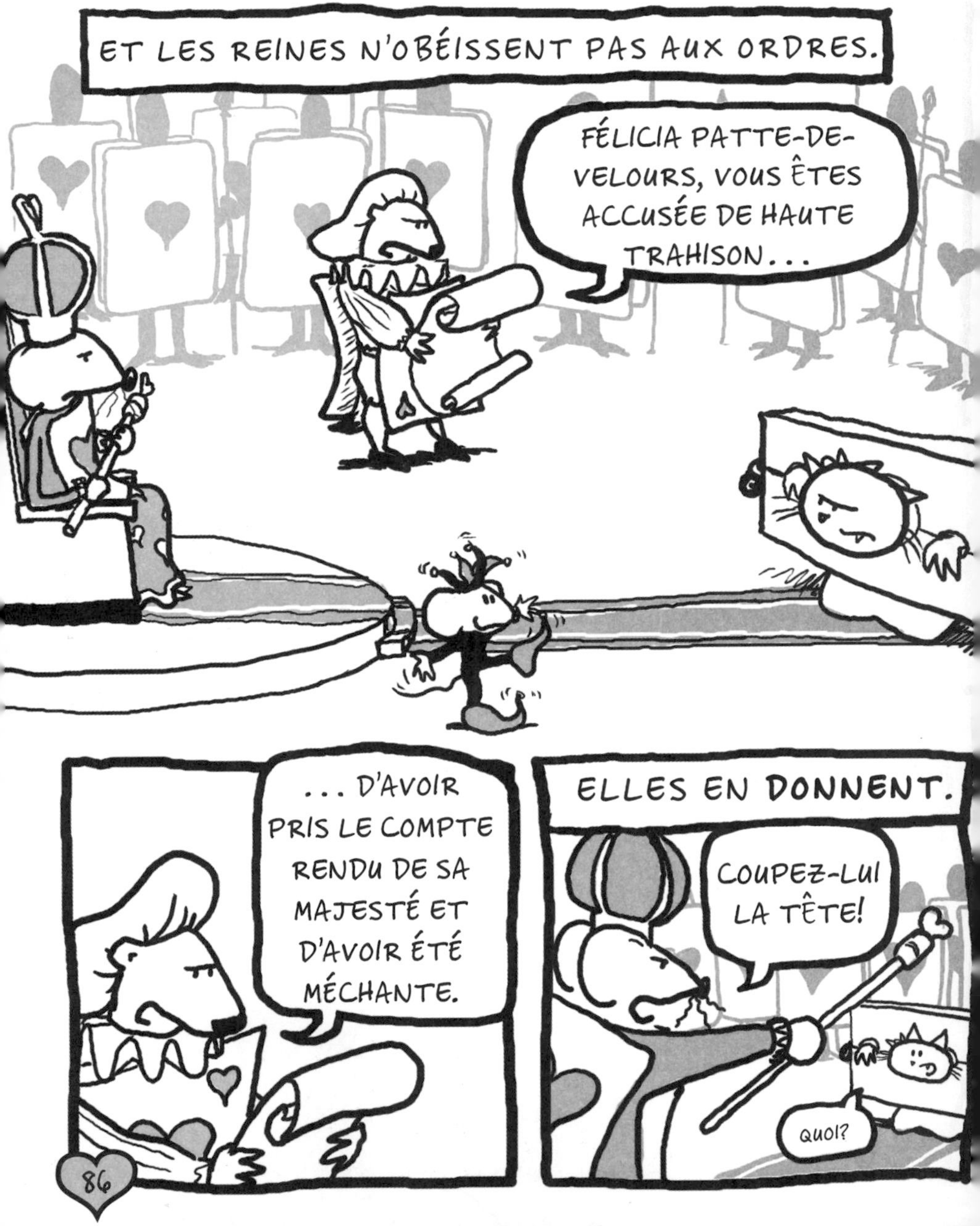
ET LES REINES N'OBÉISSENT PAS AUX ORDRES.
FÉLICIA PATTE-DE-VELOURS, VOUS ÊTES ACCUSÉE DE HAUTE TRAHISON...
... D'AVOIR PRIS LE COMPTE RENDU DE SA MAJESTÉ ET D'AVOIR ÉTÉ MÉCHANTE.
ELLES EN DONNENT.
COUPEZ-LUI LA TÊTE!
QUOI?

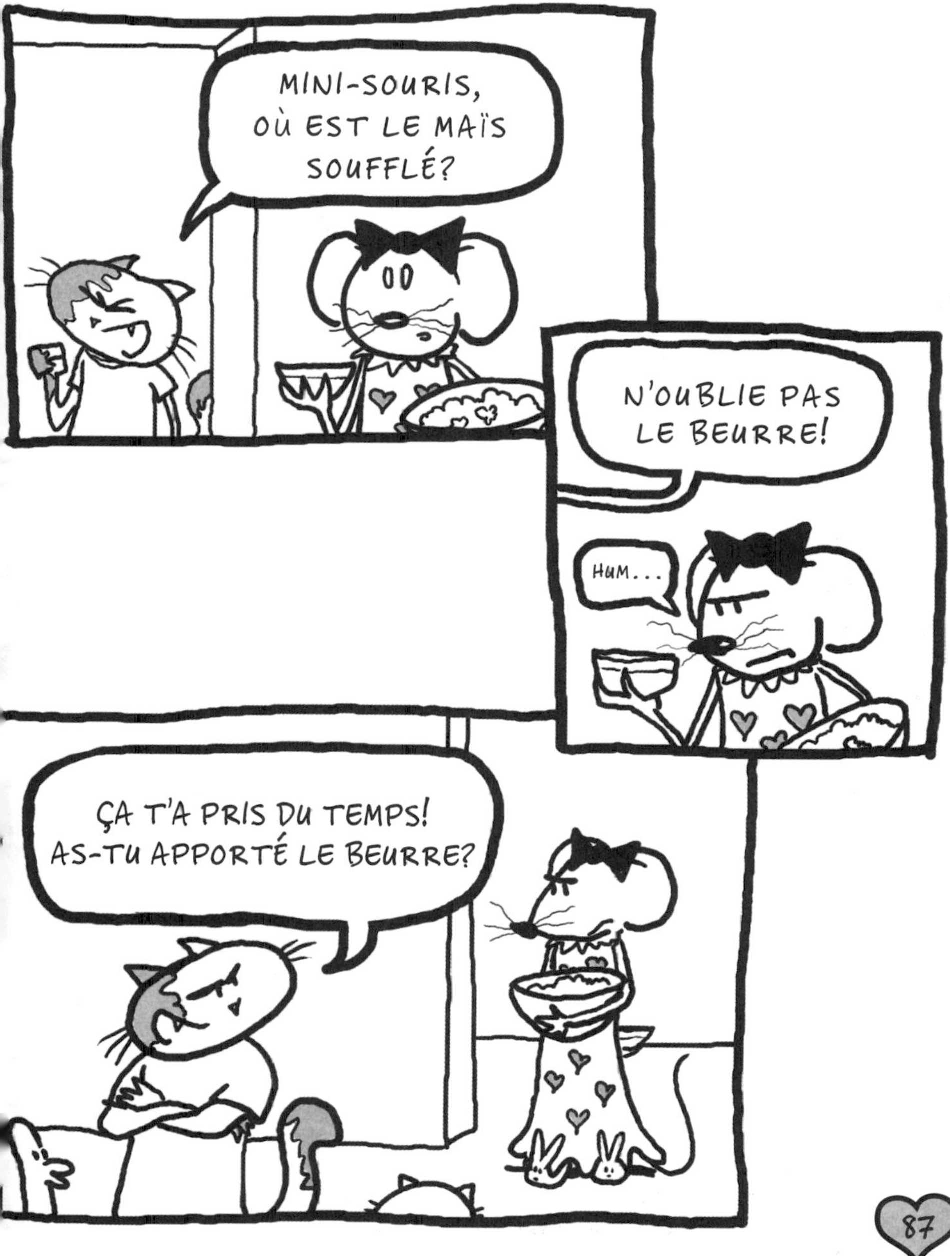
MINI-SOURIS, OÙ EST LE MAÏS SOUFFLÉ?
N'OUBLIE PAS LE BEURRE!
HUM...
ÇA T'A PRIS DU TEMPS! AS-TU APPORTÉ LE BEURRE?

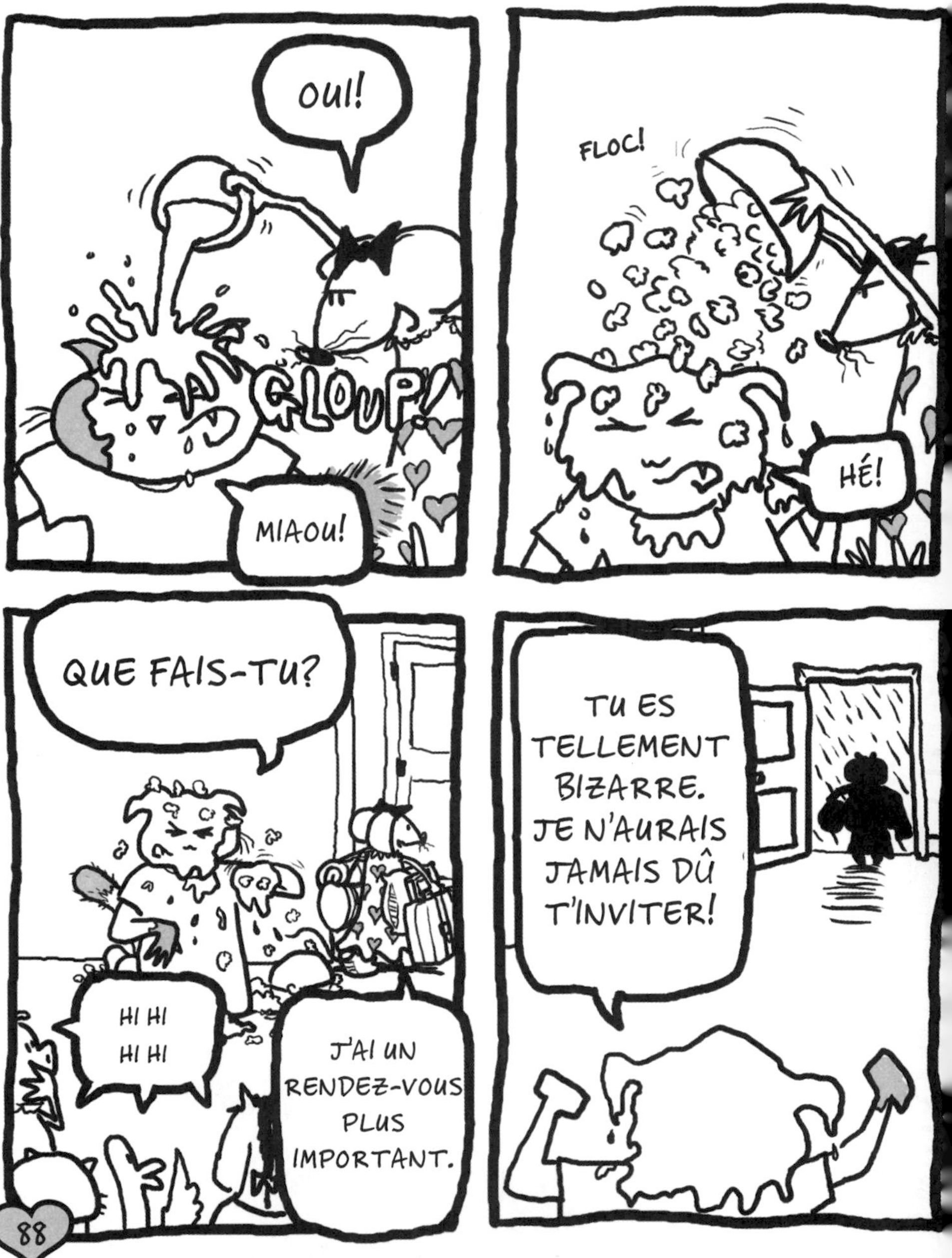
OUI!
GLOUP!
MIAOU!
FLOC!
HÉ!
QUE FAIS-TU?
HI HI HI HI
J'AI UN RENDEZ-VOUS PLUS IMPORTANT.
TU ES TELLEMENT BIZARRE. JE N'AURAIS JAMAIS DÛ T'INVITER!

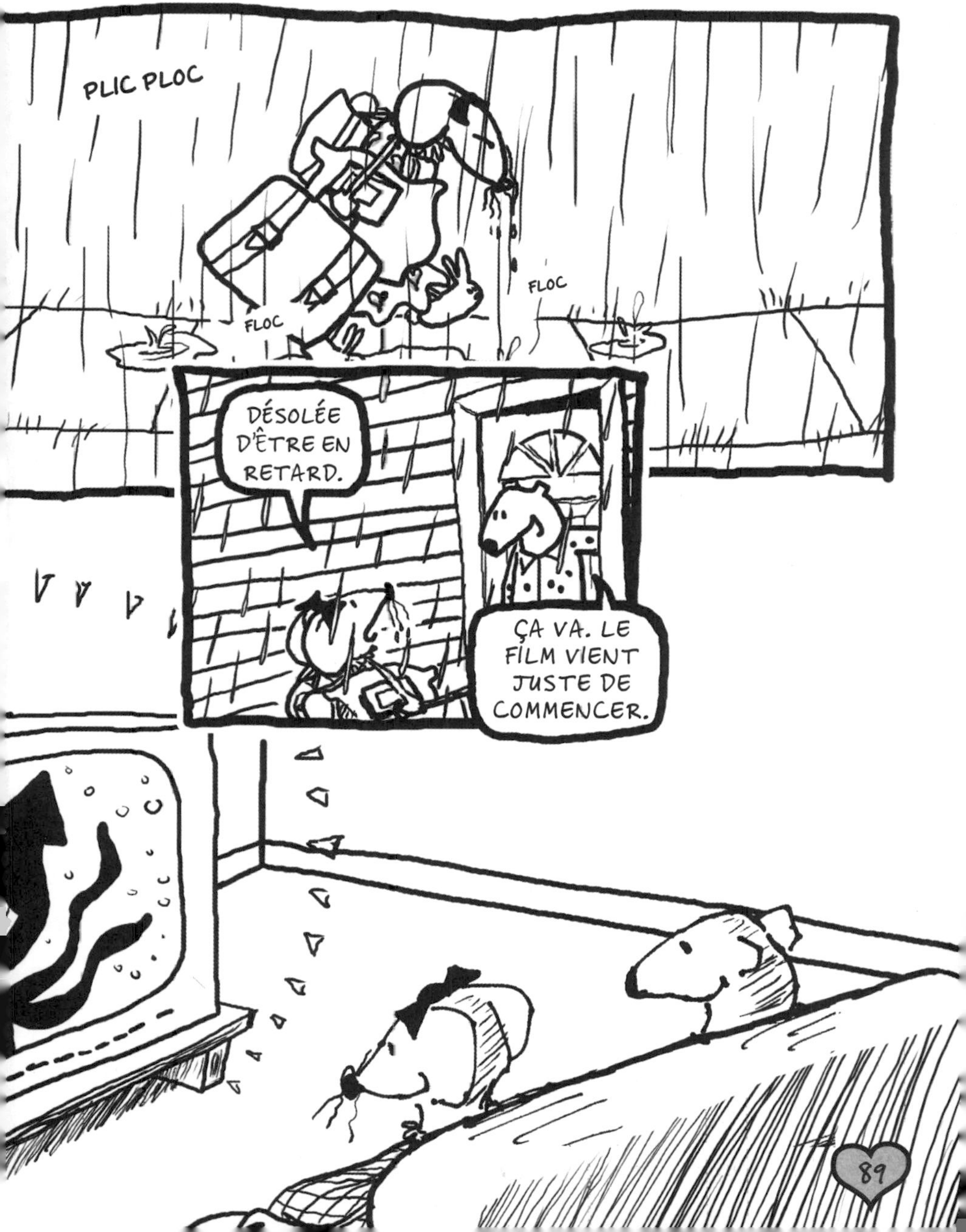
PLIC PLOC
FLOC
FLOC
DÉSOLÉE D'ÊTRE EN RETARD.
ÇA VA. LE FILM VIENT JUSTE DE COMMENCER.

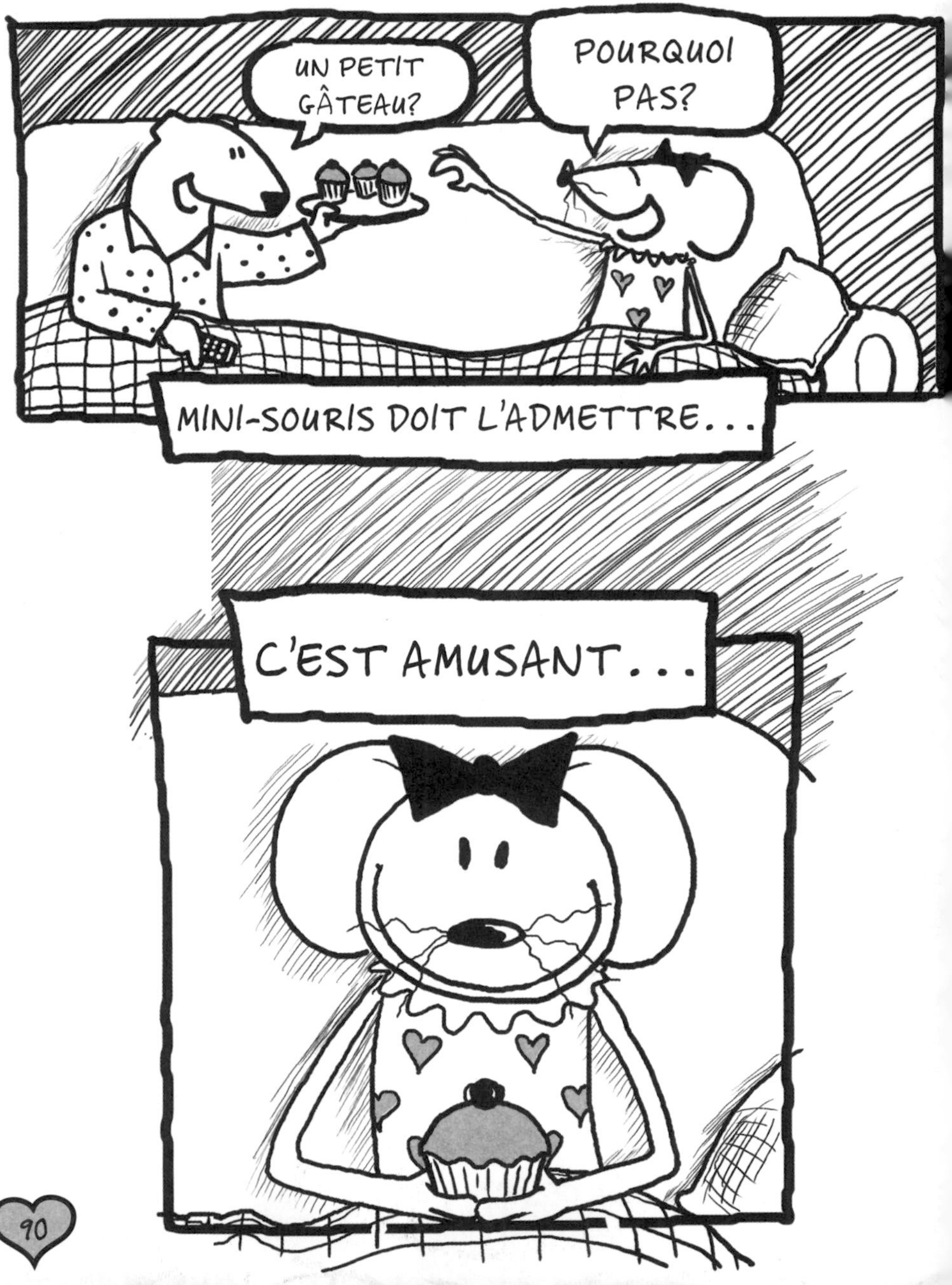
UN PETIT GÂTEAU?
POURQUOI PAS?
MINI-SOURIS DOIT L'ADMETTRE...
C'EST AMUSANT...

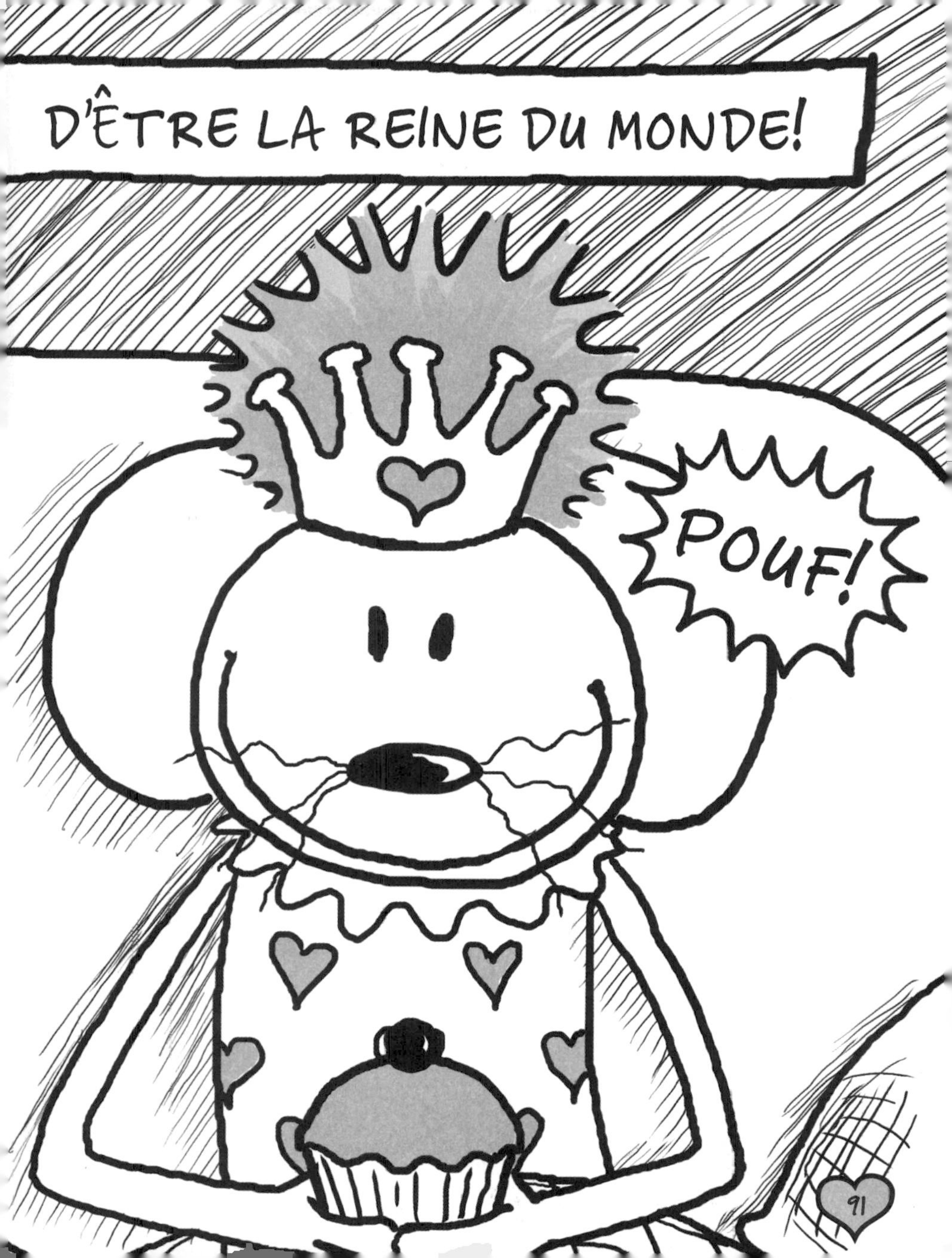
D'ÊTRE LA REINE DU MONDE!
POUF!

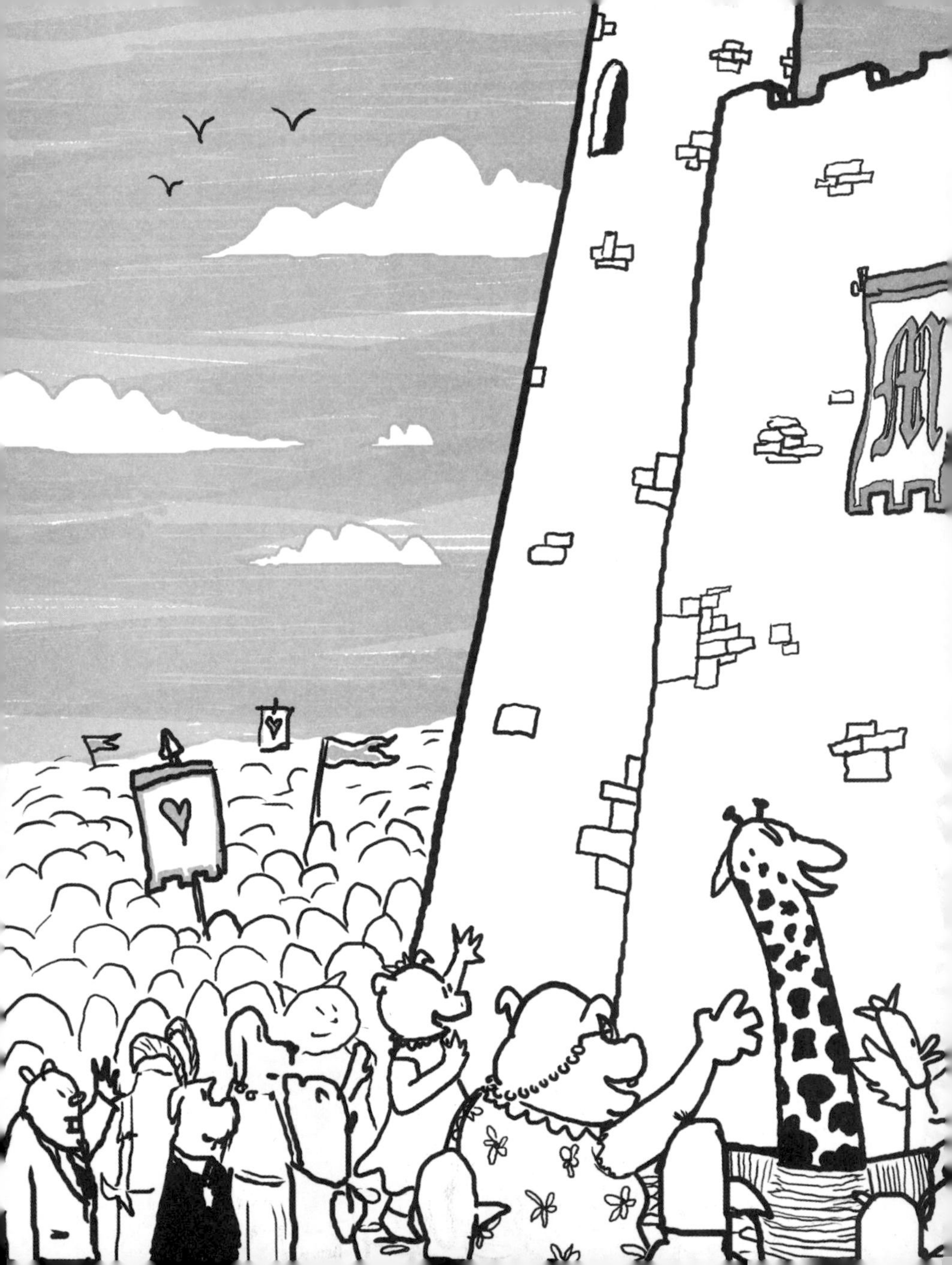

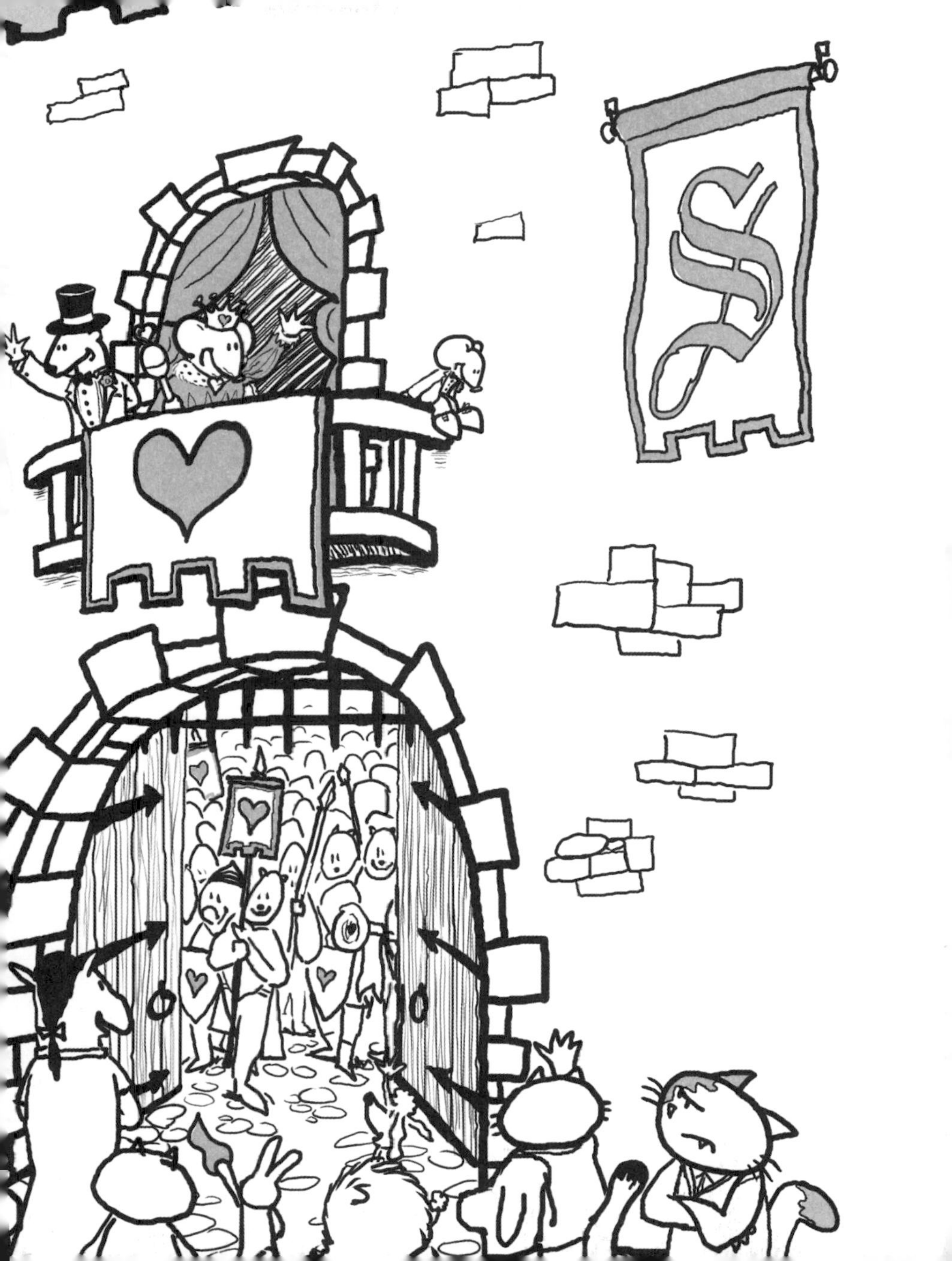

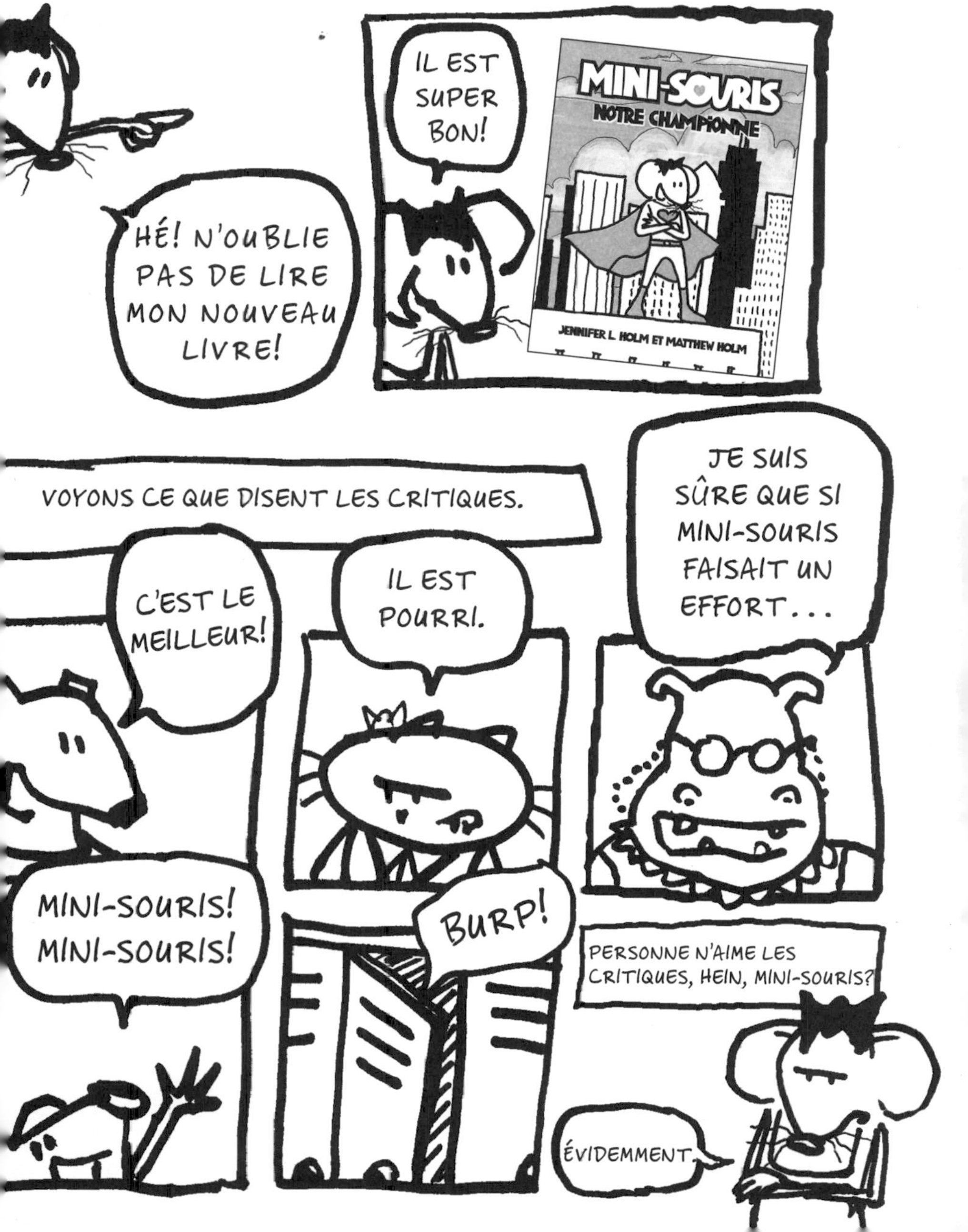
HÉ! N'OUBLIE PAS DE LIRE MON NOUVEAU LIVRE!
IL EST SUPER BON!
MINI-SOURIS
NOTRE CHAMPIONNE
JENNIFER L. HOLM ET MATTHEW HOLM
VOYONS CE QUE DISENT LES CRITIQUES.
C'EST LE MEILLEUR!
IL EST POURRI.
JE SUIS SÛRE QUE SI MINI-SOURIS FAISAIT UN EFFORT . . .
MINI-SOURIS! MINI-SOURIS!
BURP!
PERSONNE N'AIME LES CRITIQUES, HEIN, MINI-SOURIS?
ÉVIDEMMENT.

LES AVANTAGES D'ÊTRE REINE DU MONDE

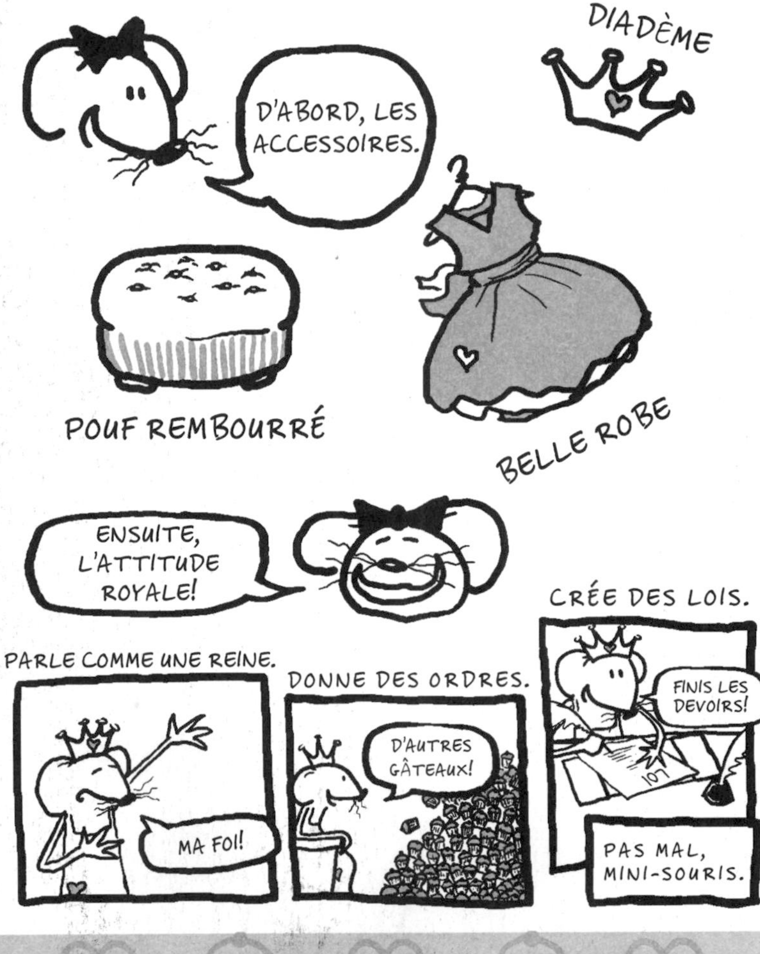
D'ABORD, LES ACCESSOIRES.
DIADÈME
POUF REMBOURRÉ
BELLE ROBE
ENSUITE, L'ATTITUDE ROYALE!
PARLE COMME UNE REINE.
MA FOI!
DONNE DES ORDRES.
D'AUTRES GÂTEAUX!
CRÉE DES LOIS.
FINIS LES DEVOIRS!
107
PAS MAL, MINI-SOURIS.